Das Buch

»Familienväter haben im allgemeinen ein angeborenes Organisationstalent. Sie haben gar keine andere Wahl. Besonders am frühen Morgen, kurz nach fünf, wenn sie das schrille Läuten des Telephons aus dem Bett holt ...« Der Welt beliebtester Satiriker erzählt vom Kleinkrieg mit den entfernten Verwandten und den allzu nahen Nachbarn, von Familienfeiern und -katastrophen, von Einbrechern, Wettervorhersagen, Nächstenliebe und Krankenbesuchen, vom technischen Fortschritt und den Schwierigkeiten, sich komplizierte Straßennamen zu merken. Daß er kein idealer Ehemann, Vater, Neffe und Onkel ist, weiß Ephraim Kishon durchaus. Aber: Es bleibt ja in der Familie.

Der Autor

Ephraim Kishon über sich selbst: »... 23. 8. 24 in Ungarn geboren, neugeboren 1949 in Israel. Zu viele Schulen. Zu viele Arbeitslager: ungarische, deutsche, russische. Verheiratet. Drei Kinder. Sechs Theaterstücke, die außer in Israel auch in mehreren anderen Ländern aufgeführt werden, zum Beispiel in Deutschland, und sogar in Japan. Bücher in insgesamt 16 Sprachen, darunter hebräisch, englisch, deutsch, ungarisch, italienisch, türkisch, dänisch, holländisch, etc. Schreibt regelmäßig satirische Glossen unter dem Titel ›Chad Gadja‹ für Israels meistverbreitete Tageszeitung ›Ma'ariv‹. Schreibt Theaterstükke aus Liebe. Macht Filme als Hobby. Lebt in Tel Aviv als freier Schriftsteller, nachdem er sich zuvor als freier Schlosser im Kibbuz, freier Garagenbesitzer und in einer Reihe anderer freier Berufe betätigt hat.«

Ephraim Kishon:
Es bleibt in der Familie
Satiren

Deutsch von Gerhard Bronner
und Friedrich Torberg

Deutscher
Taschenbuch
Verlag

dtv

Von Ephraim Kishon
sind im Deutschen Taschenbuch Verlag erschienen:
Nicht so laut vor Jericho (989)
Der Blaumilchkanal (993)
Salomos Urteil – zweite Instanz (1038)
Kein Applaus für Podmanitzki (1121)
Bekenntnisse eines perfekten Ehemanns (10496)

1. Auflage Juli 1985
3. Auflage Februar 1988: 51. bis 62. Tausend
Deutscher Taschenbuch Verlag GmbH & Co. KG, München
Lizenzausgabe mit freundlicher Genehmigung des Albert Langen · Georg Müller Verlags, München
Der vorliegende Band enthält drei Kapitel aus ›Bekenntnisse eines perfekten Ehemanns. Gesammelte Geschichten‹. (Die übrigen drei Kapitel erschienen unter dem Titel ›Bekenntnisse eines perfekten Ehemanns. Satiren‹.)

ISBN 3-7844-1976-3
Umschlaggestaltung: Celestino Piatti
Gesamtherstellung: C. H. Beck'sche Buchdruckerei, Nördlingen
Printed in Germany · ISBN 3-423-10440-6

Inhalt

Es bleibt in der Familie

Kleine Geschenke erhalten Vater und Sohn

Im allgemeinen wird ein Mann zum Ehemann, um eine Familie zu gründen und Kinder großzuziehen. Nach meinen Erfahrungen ist das Gründen ein Kinderspiel gegen das Erziehen.

Amir, mein zweitgeborener Sohn, hatte allerdings ziemlich mühelos das Alter von dreizehn Jahren und damit nach jüdischem Gesetz seine offizielle Mannbarkeit erreicht. Dies äußerte sich u. a. darin, daß er – am ersten Sabbat nach seinem Geburtstag – in der Synagoge zur Verlesung des fälligen Thoraabschnitts an die Bundeslade gerufen wurde. Es äußerte sich ferner in einer abendlichen Feier, die wir nach alter Elternsitte für ihn veranstalteten und zu der wir zahlreiche Freunde sowie, vor allem, wohlhabende Bekannte einluden.

Kurz vor Beginn des Empfangs trat ich an meinen zum Manne gewordenen Sohn heran, um ihm die Gewichtigkeit des Anlasses klarzumachen:

»Generationen deiner Vorfahren, mein Junge, blicken heute stolz auf dich nieder. Du übernimmst mit dem heutigen Tag die Verantwortung eines volljährigen Bürgers dieses Landes, das nach zweitausend Jahren endlich wieder –«

»Apropos zweitausend«, unterbrach mich mein verantwortungsbewußter Nachfahre. »Glaubst du, daß wir so viel zusammenbekommen?«

»Wer spricht von Geld?« wies ich ihn zurecht. »Wer spricht von Schecks und von Geschenken? Was zählt, ist das Ereignis als solches, ist sein spiritueller Gehalt, ist –«

»Ich werde ein Bankkonto auf meinen Namen eröffnen«, vollendete Amir laut und deutlich seinen Gedankengang.

Dennoch zeigte er sich ein wenig unsicher und verlegen, als die ersten Gäste erschienen. Er wußte nicht recht, wo sein Platz war, er begann zu schwitzen und fragte mich immer wieder, was er sagen sollte.

Geduldig brachte ich es ihm bei:

»Sag: ich freue mich, daß Sie gekommen sind.«

»Und wenn man mir das Geschenk überreicht?«

»Dann sag: danke vielmals, aber das war wirklich nicht notwendig.«

Solcherart instruiert, bezog Amir Posten nahe der Türe. Schon von weitem rief er jedem Neuankömmling entgegen: »Danke, das war nicht notwendig« und hielt ihm begehrlich die Hand hin. Als er den ersten Scheck bekam, lautend auf 50 Pfund, mußte ich ihn zurückhalten, sonst hätte er seinem Wohltäter die Hand geküßt. Über die erste Füllfeder geriet er beinahe in Ekstase, und beim Anblick eines Expanders brach er in Freudentränen aus.

»Ein empfindsames Kind«, bemerkte seine Mutter. »Und so begeisterungsfähig!«

Die Sammelstelle für Geschenke wurde im Zimmer meiner jüngsten Tochter Renana eingerichtet, und mein ältester Sohn Raphael übernahm es, die Beute zu ordnen.

Eine Trübung der festlichen Atmosphäre ergab sich, als ein zur Prunksucht neigender Geschäftsmann sich mit einem Scheck in der exhibitionistischen Höhe von 250 Pfund einstellte. Neben solcher Großzügigkeit verblaßten sämtliche Kompasse und Enzyklopädien. Immer nachlässiger murmelte von da an der junge Vollbürger sein »danke ... nicht notwendig ...«, und bald darauf beklagte er sich bei mir über zwei soeben eingetroffene Gäste, von denen er nichts weiter bekommen hatte als einen Händedruck, was wirklich nicht notwendig war. Ich behielt die beiden schamlosen Geizkragen scharf im Auge und sah mit hilfloser Empörung, wie sie sich am Buffet gütlich taten.

»Nur Geduld«, tröstete ich meinen zornbebend neben mir stehenden Sohn. »Die kriegen wir noch. Geh auf deinen Kontrollposten.«

Im allgemeinen durfte man jedoch mit den Geschenken zufrieden sein, obwohl sie von wenig Phantasie zeugten und zahlreiche Duplikate aufwiesen. Es wimmelte von Feldflaschen, Ferngläsern, Kompassen und Füllfedern, und die Expander vermehrten sich wie die Kaninchen. Wer hätte gedacht, daß diese Instrumente so billig sind. Wir empfanden es geradezu als Erlösung, als die Seeligs mit dem Minimodell eines zusammenlegbaren Plastikboots ankamen. Amir vergaß sich und sagte statt des üblichen »Danke nicht nötig« mit anerkennendem Kopfnikken: »Nicht schlecht.«

Ich selbst schlüpfte von Zeit zu Zeit aus meiner Rolle als freundlicher Gastgeber, um Inventur zu machen. Die Bücher hatten sich mittlerweile zu Türmen hochgeschichtet: wohlfeile Ausgaben der Bibel, Reisebeschreibungen, Bildbände mit schlechten Reproduktionen und ein Bändchen mit dem zunächst rätselhaften Titel ›Hinter dem Feigenblatt‹, das sich als Anleitung zum Geschlechtsverkehr für Minderjährige entpuppte. Und irgendein Idiot hatte sich nicht entblödet, meinem Sohn ein ›Lexikon des Humors‹ zu schenken, in dem der Name seines Vaters nicht erwähnt war. Ich gab Auftrag, dem Kerl keine Getränke anzubieten.

In einer Kampfpause versuchte ich mich an dem Expander und stellte befriedigt fest, daß ich ihn über zwei Stufen spannen konnte. Außerdem beschlagnahmte ich eine Füllfeder. Es waren ihrer sowieso schon zu viele. Amir sollte sich nach der Feier eine aussuchen, meinetwegen sogar zwei, und den Rest würden wir umfunktionieren.

Im übrigen veränderte sich der Charakter meines rothaarigen Sohnes gewissermaßen unter meinen Augen. Er hatte längst aufgehört, die ankommenden Gäste zu begrüßen. Die stumme Gebärde, mit der er ihnen entgegensah, bedeutete unverkennbar: »Wo ist das Geschenk?«, und die Stimme, mit der er sich bedankte, klang je nach den gegebenen Umständen von herzlich bis kühl. Auch sonst benahm er sich wie ein Erwachsener. Bei meinem nächsten Besuch im Lagerraum stieß ich auf zwei Flakons Toilettenwasser, für die der Junge keine Verwendung hatte. Die Leute könnten wirklich ein wenig nachdenken, bevor sie Geschenke machen. Auch einen goldenen Kugelschreiber und eine Mundharmonika nahm ich an mich. Dann wurde ich in meinen Ordnungsbemühungen gestört:

»Um Himmels willen«, zischte die beste Ehefrau von allen. »Kümmere dich doch um unsere Gäste!«

Ich postierte mich neben Amir, der den jetzt schon etwas spärlicher eintreffenden Gästen mit dem lüsternen Blick eines Wegelagerers entgegensah und sie erstaunlich richtig einzuschätzen wußte:

»Höchstens achtzig«, flüsterte er mir zu; oder verächtlich: »Taschenmesser.«

Gegen zehn Uhr vertrieb er alle Familienmitglieder aus dem Abstellmagazin und versperrte die Türe.

»Hinaus!« rief er. »Das gehört mir!«

Als er auf Seeligs Plastikboot ein Preisschildchen mit der Aufschrift »Isr. Pfund 7.25« entdeckte, ließ er sich's nicht verdrießen, den Spender in der Menge ausfindig zu machen, und spuckte ihm zielsicher zwischen die Augen.

Rätselhaft blieb uns allen ein Transistor mit Unterwasser-Kopfhörern, der keinen Herkunftsvermerk trug. Von wem stammte er? Wir gingen rasch das von meiner Tochter Renana angelegte Namensverzeichnis der Anwesenden durch. Es kamen nur zwei in Betracht, die auf der Geschenkliste nicht aufschienen: unser Zahnarzt und ein Unbekannter mit knallroter Krawatte. Aber welcher von beiden war es? Die Ungewißheit wurde um so quälender, als wir uns bei dem einen bedanken und den anderen maßregeln mußten. Da bewährte sich Amirs Instinkt aufs neue. Er machte sich an den Zahnarzt heran und trat ihn ins Schienbein. Der Zahnarzt nahm das widerstandslos hin. Kein Zweifel: die edle Spende stammte vom Krawattenträger.

Heftigen Unmut rief bei uns allen die Festgabe eines Frankfurter Juden namens Jakob Sinsheimer hervor, die aus einer Holzschnittansicht seiner Geburtsstadt bestand. Was uns erbitterte, war nicht die Wertlosigkeit des Blattes, sondern die auf der Rückseite angebrachte Widmung: »Meinem lieben Kobi zur Bar Mizwah von seinem Onkel Samuel.« Wir gossen ein wenig Himbeersaft über Herrn Sinsheimers Anzug und entschuldigten uns.

Inzwischen begrüßte Amir die letzten Gäste:

»He!« rief er. »Wieviel?«

Er hatte sich zu einem richtigen Monstrum ausgewachsen, seine blutunterlaufenen Augen lagen tief in den Höhlen, seine Krallenhände zitterten vor Gier, sein ganzer Anblick war so abscheulich, daß ich mich abwandte und in den Lagerraum flüchtete, wo ich die beste Ehefrau von allen in flagranti erwischte, wie sie sich mit Golda Meirs Lebenserinnerungen aus dem Staub machte.

Allein geblieben, befeuchtete ich Daumen und Zeigefinger und begann die Schecks zu zählen. Guter Gott, welch eine Verschwendung! So viel Geld in einem so armen Land wie dem unsern! Der Gedanke, daß mein mißratener Sohn über all diese Summen verfügen könnte, hatte etwas höchst Beunruhigendes an sich. Ich ließ ihm ein paar auf kleinere Beträge lautende Schecks zurück und barg die anderen an meiner väterlichen Brust.

Nein, ich hatte kein schlechtes Gewissen. Es war nur recht und billig, was ich tat. Hatte ich nicht in seine Erziehung eine Menge Geld investiert? Und wer hatte für diesen kostspieligen Festempfang gezahlt? Ich oder er? Na also. Er soll arbeiten gehen und Geld verdienen. Schließlich ist er heute zum Mann geworden.

Umweltschutz beginnt zu Hause. Ich weiß nicht, ob es eine politische Partei gibt, die dieses Schlagwort auf ihr Banner geschrieben hat – wenn nicht, steht es ihr zur Verfügung.

Was mich betrifft, so meine ich vor allem den Schutz der Umwelt gegen jede Art von Lärm. Ich denke dabei an den Lärm in meinem eigenen Haus. Er ist das Ergebnis des bodenlosen Leichtsinns, mit dem ich eine Anzahl von Kindern gezeugt habe.

Mit Wehmut erinnere ich mich da an meinen verstorbenen Vater. Das erste, was er tat, wenn er aus dem Büro nach Hause kam: er stellte das Radio ab. Das waren Zeiten. Heute verhält es sich umgekehrt. Wenn das Haupt unserer Familie, mein Sohn Amir, aus der Schule nach Hause kommt, dreht er alle lärmerzeugenden Apparate an, die ihm unter die Hand kommen, den Transistor, den Plattenspieler, das Fernsehen, den elektrischen Mixer – gleichgültig, was es ist, Hauptsache, daß es lärmt. Die junge Generation liebt den Lärm. Je lauter, desto besser. Verläßlichen Berichten zufolge wächst die Zahl der Eltern, die nur noch mit Watte in den Ohren herumgehen, ständig an.

Manchmal entdecke ich beim Betreten meines Arbeitszimmers, daß sämtliche Kugelschreiber und Bleistifte vom Schreibtisch auf den Boden gerollt sind. Dann weiß ich, daß Amir die neueste Rolling-Stones-Platte gespielt hat, mit der Lautstärke einer Concorde-Maschine. Die Concorde ist bekanntlich jener Flugzeugtyp, dem eben darum, der Lautstärke wegen, in New York die Landeerlaubnis verweigert wurde.

Ebenso vielversprechend entwickelt sich Renana, unsere Jüngste. Wenn sie ihre Lieblingsplatten abspielt, klirren die Fensterscheiben, Gemälde fallen von den Wänden, und vergangene Woche bewirkte der Luftdruck eines von ihr veranstalteten Elvis-Presley-Revivals, daß der Kühlschrank aufging und sich entfrostete.

Mein Nachbar Felix Seelig hat in seiner Wohnung ganz ähnliche Wirkungen einer Travolta-Platte festgestellt. Als die Decke einstürzte, blickten seine Zwillingssöhne nicht einmal auf. Ungerührt hockten sie in der Ruine und lauschten ihrem Idol.

»Damals«, so erzählte mir Felix, »verlor ich die Geduld und begann zu brüllen. ›Zum Teufel, könnt ihr diesen Travolta nicht etwas leiser spielen?‹ brüllte ich.«

»Bravo! Und was sagten die Zwillinge?«

»Nichts. Sie hatten mich gar nicht gehört.«

Auch ich rebellierte einmal gegen den Höllenlärm ringsum. Wütend betrat ich das Kinderzimmer, ging direkt auf Amir zu und schrie ihn an:

»Genug! Aufhören! Ruhe!«

Amir, mein bekanntlich eben zum Mann gereifter Sohn, drehte den Apparat auf eine etwas höhere Lautstärke.

Ich nahm Papier und Bleistift zur Hand:

»Schluß mit dem Krach!« schrieb ich.

»Mit welchem Krach?« schrieb Amir zurück.

Sie sind ganz anders geartet als wir, unsere Kinder. Vielleicht sind sie schon mit verdicktem Trommelfell zur Welt gekommen. Vielleicht besitzen sie eine uns verschlossene Empfänglichkeit für Klangeffekte. Denn es ist nicht etwa die Musik, die sie fasziniert. Es ist der schiere, der lautere Lärm. Sie können, ich habe es an meinen drei Sprößlingen oft genug beobachtet, stundenlang einer in der Rille steckengebliebenen Nadel zuhören. Abani – bani – bani – bani . . . Am wohlsten fühlen sie sich bei einer Kombination von Transistor plus Fernsehen plus Elvis plus Trommeln der Fäuste auf den Tisch. Eine Vorahnung davon findet sich schon im Alten Testament. »Wahrlich«, heißt es bei Jeremias (X, 22), »wahrlich, es ist ein großes Lärmen über uns gekommen und ein großer Aufruhr, und die Städte Judas werden gleichen den Drachenhöhlen.« Und das war *vor* Erfindung des Stereo.

Gestern ist uns unsere Katze entlaufen. Es geschah, als Rafi, mein Ältester, Pink Floyd und sein Orchester entdeckte. Angeblich wimmelt es in der Stadt von tauben Katzen. Wenn Renana »Abba« sagt, was hebräisch soviel wie »Papa« bedeutet, meint sie das gleichnamige schwedische Combo-Quartett, nicht mich. Mich meint sie überhaupt nicht mehr. Keines meiner Kinder nimmt noch Notiz von mir. Bestenfalls werde ich bemitleidet. »Ich brauche gute Musik«, erklärte mir Amir. »Sonst kann ich mich nicht für die Abschlußprüfung vorbereiten. Ich muß mich konzentrieren.«

Meine Kinder halten mich für einen alten, überflüssigen Lappen, für ein nutzloses Fossil. Sei's drum. Ich weiß, daß ich wenigstens nicht als einziger in dieser traurigen Lage bin. Ich kenne viele Väter, denen es genauso ergeht. Eines Tages werden wir uns alle, mit Hörrohren ausgerüstet, in einer aufgelassenen Drachenhöhle treffen.

In Amerika tun die Angehörigen der jungen Generation keinen Schritt ohne dröhnend aufgedrehten Transistor. Wahrscheinlich bereiten sie sich auf ihre Abschlußprüfung vor.

Mein Zahnarzt behauptet, man müsse der irregeleiteten Jugend mit psychologischem Raffinement beikommen. »Sie lärmen mit Absicht«, sagte er. »Weil sie wissen, daß wir das nicht vertragen. Und sie freuen sich, wenn sie uns leiden sehen. Das darf man ihnen natürlich nicht zeigen. Deshalb bitte ich meinen Danny immer, das Radio oder den Plattenspieler stärker aufzudrehen.«

»Und wie reagiert Ihr Danny?

»Er dreht stärker auf.«

Im Notfall greift mein Zahnarzt zu einem Abwehrmanöver, das er »Wurzelbehandlung« nennt. Er packt das Übel an der Wurzel. Vermittels eines Wackelkontakts, den kein anderes Mitglied seines Haushalts kennt, stellt er einen Kurzschluß her. Gegen den Transistor hilft das zwar nichts, aber schon die kleine Ruhepause, die in der dunklen Wohnung eintritt, ist eine Wohltat.

Ich meinerseits denke nicht daran, mich geschlagen zu geben. Ich bin eine Kämpfernatur. Letzten Samstag haben Seeligs Zwillinge unten im Garten eine Party veranstaltet. Eine Party? Eine Concorde-Massenlandung. Um 3 Uhr früh befand ich mich in jenem Zustand, in dem selbst der härtestgesottene Spion zusammenbricht und alles gesteht. Es war mir klar, daß ich im Augenblick nichts tun konnte. Hätte ich polizeiliche Hilfe angefordert, so hätte sich lediglich die Zahl der tauben Polizisten um zwei vermehrt. Aber am folgenden Tag wurde ich aktiv und suchte unser führendes Warenhaus auf, Abteilung Musikinstrumente.

»Geben Sie mir die stärkste Trompete, die Sie auf Lager haben«, heischte ich. »Die größte. Die lauteste. Ich brauche sie für Abschreckungszwecke.«

Zu Hause wartete ich auf die nächste Concorde-Party. Mit der Trompete in der Hand stand ich am offenen Fenster. Als ungefähr zehn Maschinen gleichzeitig landeten, füllte ich meine Lungen mit Oxygen und ließ einen Fanfarenton erschallen, der eine Herde ausgewachsener Elefanten in die Flucht geschlagen hätte. Da sich das Trompetenblasen als erstaunlich leicht erwies – jeder Vater mit genügend Wut im Bauch ist dazu imstande –, folgte alsbald eine weitere Fanfare.

»Tuut – tutuut – tuut!«

Die im Garten versammelte junge Generation wurde allmählich aufmerksam, blickte verwundert zu meinem Fenster empor und bedachte mich, als ich eine Atempause einlegen mußte, mit lebhaftem Applaus. Angeregt und ermutigt fuhr ich fort. Meine Leistung steigerte sich, je besser ich meinen Speichel unter Kontrolle bekam. Die Schlußpassage mußte ich auf allgemeines Verlangen wiederholen.

Tags darauf klopfte mir mein Sohn Amir anerkennend auf die Schulter, zum erstenmal seit seiner Geburt: »Meine Freunde finden, daß du gar nicht so übel bist. Kein solcher Musikmuffel wie andere Väter.«

»Bin ich auch nicht.« Ich konnte ein Gefühl der Genugtuung nicht unterdrücken. »Also macht dir dein Vater keine Schande, was?«

»Du bist okay, Alter«, sagte Amir.

Wirklich – ich verstehe nicht, warum manche Leute sich über ein bißchen Lärm so aufregen.

Alarm

Wir zum Beispiel, die beste Ehefrau und ich, regen uns über Lärm nicht mehr auf. Auch kürzlich nicht, als ich aufwachte, weil draußen ein verwundeter Löwe brüllte. Das Brüllen hielt an, immer in derselben furchterregenden Tonstärke. Es kam aus der Wäscherei im Parterre unseres Hauses.

Ich weckte die beste Ehefrau von allen:

»Hörst du das?« schrie ich ihr ins Ohr.

»Alarm«, murmelte sie, ohne die Augen zu öffnen.

»Sie rauben die Wäscherei aus.«

Diese Erklärung leuchtete mir ein. Ich vergrub meinen Kopf in den Kissen und versuchte weiterzuschlafen, fand aber keine Ruhe bei dem Gedanken, daß sich in der Wäscherei möglicherweise auch unsere eigene Wäsche befände, und wer weiß, was ihr zustoßen würde.

»Weib«, rief ich aufs neue, »was sollen wir tun?«

»Im Badezimmer liegt das Ohropax. Hol auch eines für mich.«

Ich trat ans Fenster. Vor der Wäscherei stand ein weißer Kombiwagen mit aufgeblendeten Scheinwerfern. Die Alarmanlage heulte wie verrückt. Ich schloß das Fenster und sah, daß auch andere Fenster im Häuserblock geschlossen wurden. Der Lärm war unerträglich.

Kaum hatten wir unsere Ohren verstopft, ging das Telephon: »Entschuldigen Sie«, sagte eine heiser gedämpfte Stimme. »Ich habe Sie soeben am Fenster gesehen. Es ist die Wäscherei, nicht wahr?«

»Ja. Ein Einbruch.«

»Schon wieder?«

In den vergangenen Monaten war nämlich schon viermal in der Wäscherei eingebrochen worden. Einmal hatten sie die Eisentür mit großen Hämmern zertrümmert.

Dieser primitive Vorgang nahm anderthalb Stunden in Anspruch und machte solchen Lärm, daß die Bewohner der umliegenden Häuser beinahe taub wurden. Dann räumten die Einbrecher den ganzen Laden aus, bis zum letzten Paar schmutziger Socken.

Am nächsten Tag ließ der Besitzer der Wäscherei, der alte Herr Wertheimer, einen Spezial-Stahlrollbalken anbringen, den die nächsten Einbrecher mühsam durchsägen mußten. Das dauerte mehrere Stunden und war eine fürchterliche Qual für die Nerven aller, die es hörten. Man mußte sich fragen, wie die Einbrecher dieses entsetzliche Geräusch überhaupt ertragen konnten, aber sie ertrugen es. Daraufhin bestellte der alte Wertheimer ein elektronisches Alarmsystem modernster Machart, mit infraroten Fotozellen und einem hochempfindlichen Fangnetz, das bei der leisesten Berührung die Alarmglocke in Betrieb setzte.

»Warum stellen sie das verdammte Zeug nicht ab, wenn sie schon einmal drin sind?« fragte mein heiserer Anrufer. »Sie müßten ja nur die Drähte durchschneiden. Ich werde mich beim Bürgermeister beschweren. Ich bin Steuerzahler und brauche meinen Schlaf.«

»Gehen Sie in die Apotheke«, empfahl ich ihm, »und kaufen Sie sich diese Wachsdinger für die Ohren.«

»Hab ich schon. Sie helfen nicht.«

»Dann weiß ich keinen Rat. Wer spricht denn eigentlich?«

Mein Partner legte auf, ohne zu antworten. Entweder wollte er in die Angelegenheit nicht verwickelt werden, oder er wollte mit einem Menschen, der ihm keinen Rat geben konnte, nichts zu tun haben.

Ich trat wieder ans Fenster. Vor der Wäscherei stand ein Mann auf den Schultern eines anderen und hantierte mit einem Meßband. Sie waren also noch nicht ins Innere der Wäscherei gelangt. Die Alarmglocke heulte.

»Wie wär's mit einem Sandwich?« fragte ich, aber die

beste Ehefrau von allen gab keine Antwort, denn sie schlief. Wie sie das fertigbrachte, weiß ich nicht. Ich konnte sie nur stumm beneiden.

Es klopfte an der Tür. Mein Nachbar. Felix Seelig stand da, in einem rosa Pyjama und mit roten Augen. Ich bat ihn herein.

»Was glaubst du, Felix? Wird das die ganze Nacht so weitergehen?«

In Sachen Elektrizität ist Felix Seelig ein wirklicher Fachmann. Er kann zum Beispiel durchgebrannte Sicherungen auswechseln. Die jetzt entstandene Situation erklärte er mir so, daß die Alarmanlage nach einigen Minuten aufhören würde, wenn sie auf eigenen Batterien liefe, aber wenn sie direkt an das städtische Versorgungsnetz angeschlossen sei, dann stünde es schlecht um unsere Nachtruhe.

»Vor ein paar Wochen, bei dem Einbruch in der großen Möbelfabrik im Norden von Tel Aviv«, berichtete Felix, »gingen drei japanische Alarmsysteme 48 Stunden lang in voller Stärke und hörten erst auf, als die Drähte geschmolzen waren. Aber da hatten die Einbrecher schon längst das Lager ausgeraubt und auf gestohlenen Lastwagen weggeschafft.«

Die Wäschereisirene hörte nicht auf zu heulen.

Es gäbe, so erfuhr ich von Felix, einen neuen Plastikstoff, mit dem man die Fenster nicht nur gegen Zugluft, sondern auch gegen Lärm abdichten könne. Er würde mir ein Muster verschaffen, sagte er. Von seinem jüngeren Bruder, der die Tochter des Abteilungsleiters vom Supermarkt geheiratet hatte. Das junge Paar sei erst vor kurzem von einer Reise nach dem Fernen Osten zurückgekommen. Soll ein fabelhaftes Erlebnis gewesen sein, sagte Felix.

Draußen hatte sich noch ein zweiter Lärm zu dem des Alarmsystems hinzugesellt. Die Einbrecher versuchten sich mit Autogen-Schweißgeräten Eingang zu verschaffen. Ein paar müßige Nachtschwärmer standen herum und beobachteten das Geschehen, wobei sie ihre Finger in die Ohren steckten.

Ich fragte Felix, wieviel seiner Meinung nach die Versicherung in einem solchen Fall zahlen würde. 50 bis 60 Prozent des entstandenen Schadens, meinte er. Netto.

Wie man hört, will der alte Wertheimer die Wäscherei verkaufen. Es ist zuviel für ihn.

An einem gegenüberliegenden Fenster sahen wir Frau Suschitzky auftauchen. Sie schrie etwas hinunter, was wir des Lärmes wegen nicht hören konnten. Der Fahrer des Kombiwagens stieg aus und schrie etwas zurück. Seelig wollte verstanden haben: »Was haben Sie gesagt?«

Man sah Frau Suschitzky noch einmal aufschreien und dann das Fenster schließen.

Plötzlich erfolgte eine donnernde Explosion. Flammengarben schossen in den Himmel über Tel Aviv. Dann war es ruhig. Tatsächlich: ruhig. Auch die Alarmanlage hatte dran glauben müssen. Höchste Zeit.

»Komm schlafen«, flüsterte die beste Ehefrau von allen.

Ich zog die Decke über mein Gesicht. Draußen dämmerte der Morgen. Wir werden uns eine andere Wäscherei suchen.

Entfernung von Verwandten

Nichts – oder beinahe nichts – auf Erden macht einem diensthabenden Ehemann soviel Freude, wie entfernte Verwandte zu entdecken, die er nie zuvor gesehen hat. Wenn so ein Onkel oder Cousin am fernen Familienhorizont auftaucht und Gestalt annimmt, hat das Leben wieder einen Sinn. Nahe Verwandte, unsere Alltagskost sozusagen, sind langweilig. Man weiß von ihrer Existenz, man kennt sie, sie gehören zum familiären Establishment. Aber die unerwartete Nichte einer angeheirateten Tante, die anonyme Schwägerin eines geschiedenen Schwagers – da ist noch etwas los. Ich kenne solche Fälle aus meiner nächsten Umgebung.

Nehmen wir zum Beispiel den Vater meines Nachbarn Felix Seelig, den alten Seelig aus Riga. Eines Tages entdeckte er plötzlich auf einer Bank im Ben-Gurion-Flughafen seinen Bruder, den er seit 53 Jahren nicht gesehen hatte. Das muß man sich vorstellen: seit 53 Jahren! »Grischa!« rief er, und die beiden Brüder lagen einander schluchzend in den Armen. Dann begannen sie in alten Erinnerungen zu kramen, und Väterchen Seelig kramte so lange, bis ihm einfiel, daß er ein einziger Sohn war. Daraufhin rückte sein Bruder, immer noch unter Tränen, mit einem Geständnis heraus: Er sei in Australien geboren, gestand er, und heiße Harry Nathansohn. Es war eine herzergreifende Szene. Daß zwei völlig Fremde, die einander 53 Jahre lang nicht gesehen hatten, auf solche Weise zusammentreffen würden, hätte niemand geglaubt.

Die beiden blieben die ganze Nacht plaudernd auf der Flughafenbank sitzen, denn das Bodenpersonal streikte. Sie sprachen über ihre ungewöhnliche Vergangenheit und über die seltsamen Wege des Schicksals, sie beschlossen, weiter Kontakt zu halten, stehen seither in lebhaftem Briefwechsel und sagen Du zueinander.

Im Grunde ist die Suche nach verlorenen Verwandten eine Suche nach den eigenen Wurzeln, wenn möglich nach wohlhabenden. Der unwiderstehliche Drang, Verwandte zu entdecken, entsteht besonders in Zeiten drohender Kriegsgefahr oder wenn die Bank einen Bürgen verlangt.

Ich erinnere mich an die rührende Geschichte eines Neueinwanderers namens Ginsberg, der sich in der Diaspora den Ruf erworben hatte, ein Fachmann für die Reparatur schadhaft gewordener Eishockeystöcke zu sein. Als er zu uns ins Land kam und ein wenig Ruhe fand, fiel ihm auf, daß im Nahen und Mittleren Osten nur sehr geringe Nachfrage nach reparierten Eishockeystöcken herrscht. Daraufhin überkam ihn das brennende Verlangen, einen angeheirateten Cousin zweiten Grades aufzustöbern, gleichgültig, wo dieser sich befände. Ginsberg ging umher und fragte und forschte und grub nach Wurzeln, und nach einiger Zeit stieß er tatsächlich auf die richtige Spur. Sie führte ihn nach Paris, wo er den lang entbehrten und weit entfernten Vetter sofort aufsuchte. Als er ihm, von Rührung übermannt, um den Hals fallen wollte, warf ihn der Baron Rothschild eigenhändig hinaus.

Moral: Arme Verwandte haben ein besseres Gedächtnis als reiche.

Ich für meine Person finde entfernte Verwandte sehr anregend. Es ist von unvergleichlichem Reiz, wenn plötzlich jemand vor deiner Tür steht und dir ohne Übergang mitteilt: »Ich bin Sandor, der jüngste Sohn von Ottilie, die einen Neffen des seligen Emanuel Schmulewitz geheiratet hat.« Dein Herz beginnt wild zu schlagen, dein Hirn beginnt fieberhaft zu arbeiten: Wo hat dieser Sandor die ganze Zeit gesteckt? Wer hat ihn geschickt? Und vor allem: Wer ist Emanuel Schmulewitz?

Einen andern, weniger rätselhaften Typ von Verwandtschaft repräsentiert meine Tante Ilka, die irgendwann in unsere Familie eingeheiratet hat, aber es ist nicht ganz klar, ob das auf der väterlichen oder auf der mütterlichen Seite geschah. Jedenfalls fragt mich meine Mutter zweimal im Jahr, ob ich Ilka besucht hätte, und ich antworte zweimal im Jahr: »Nein, noch nicht, aber demnächst besuche ich sie ganz bestimmt.«

Dabei habe ich gegen Tante Ilka als solche nichts einzuwenden, außer daß sie in einer schwer erreichbaren Vorstadt von Jaffa wohnt und eine alte Hexe von 89 Jahren ist. Überdies nörgelt sie ständig an mir herum. Immer, wenn ich sie besuche, und das ist wirklich selten genug und geschieht nur auf dringendste Anordnung der besten Ehefrau von allen, empfängt sie mich mit den Worten: »Höchste Zeit, daß du dich einmal an deine alte Tante erinnerst!«

»Ich habe schrecklich viel zu tun«, pflege ich zu erwidern. »Aber jetzt bin ich hier, Tante Ilka. Wie geht es dir?«

Statt einer Auskunft bekomme ich den Auftrag, wieder hinauszugehen und mir draußen gründlich die Schuhe zu reinigen. Wegen der Fliesen. Tante Ilka leidet an einer seltenen, wenn auch keineswegs lebensgefährlichen Krankheit, der sogenannten Fliesomanie. Ein sauberer Fußboden geht über alles. Die Fliesen in ihrer Wohnung sehen aus, als wären sie mit der Zahnbürste geputzt worden. Man hat Angst, sie mit den Füßen zu berühren. Am liebsten würde man über sie hinwegschweben. Tante Ilka kennt jede einzelne ihrer Fliesen persönlich und benennt sie nach dem Schachbrett-System: »Auf E 4 ist ein Schmutzfleck«, sagt sie.

Nach einer Weile verlassen wir das Thema »Fliesen« und wenden uns dem Thema »Katzen« zu. Sofort beginnen Tantchens Augen feucht zu schimmern, und ihre Stimme senkt sich zu melancholischem Flüstern: »Bianca ... meine süße Bianca ...« Bianca war ihre

Lieblingskatze; sie starb in sagenhaft hohem Alter um 1950. Ich habe sie nicht gekannt, weil ich damals noch auswärts lebte und das Schicksal jüdischer Katzen nicht in Evidenz hielt. Dafür läßt mich Tante Ilka büßen, indem sie jedesmal aus ihrem antiken oder zumindest antiquarischen Schmuckkästchen, das auf den Fliesen G 6 bis H 8 steht, ein altes Foto von Bianca hervorholt.

»Dort, wo du jetzt sitzt«, lautet der unabwendbare Begleittext, »in diesem selben Fauteuil . . . dort hat sie sich immer zusammengerollt.« Der Text bleibt mir auch dann nicht erspart, wenn ich stehe. »Sie war ein wunderbares Tier. Komm, schau sie dir an.« Gehorsam komme ich näher, um mir das Foto anzuschauen. Ich sehe eine Katze mit Schnurrbarthaaren, Ohren und Schwanz. Eine Katze. Mir sind Hunde lieber.

»Sie hat dich sehr geliebt, Robert«, sagt Tante Ilka. »Mehr als sonst jemanden auf der Welt.«

Habe ich schon erwähnt, daß Tante Ilka 89 Jahre alt ist? Wenn dieses Buch erscheint, wird sie vielleicht schon 90 sein. Wirklich zu dumm, daß ich Bianca nicht gekannt habe. Und daß ich nicht Robert heiße.

Tante Ilka gehört zur Kategorie der Besuchs-Tanten. Onkel Kalman hingegen ist ein Telephon-Onkel. Er ruft mich in regelmäßigen Intervallen an und fragt, warum ich ihn nicht anrufe. Außerdem leidet er an chronischem Rheuma, welches sich bekanntlich ganz hervorragend für lange, ausführliche Bulletins eignet. Das ist der Grund, warum ich mir einen speziell konstruierten Telephonapparat angeschafft habe, mit einer sinnreichen Membrane und einem Gestell für den Hörer versehen, so daß ich ihn nicht ans Ohr halten muß und beide Hände frei habe. Während Onkel Kalman sich in detaillierten Schilderungen seines Leidens ergeht, schreibe ich ein oder zwei Theaterstücke, erledige die Post, halte zwischendurch ein kleines Nickerchen und muß nur achtgeben, daß ich alle

Viertelstunden eine passende Bemerkung in Richtung Hörer einwerfe, etwa: »Was du nicht sagst, Onkel Kalman!« oder »Nein, wirklich?« Es geht ganz gut, aber es ist, alles in allem, ein wenig anstrengend.

Die Wende kam, als ich eines Tages, während Onkel Kalman am Telephon eine besonders lange Langspielplatte durchgab, für ein paar Minuten vors Haus ging, um Luft zu schöpfen, und meinen Nachbar Felix Seelig dabei antraf, wie er sich gerade von einem düster dreinblickenden alten Herrn verabschiedete. Sie umarmten einander wortlos, aber herzlich und gingen wortlos auseinander.

»Das war der alte Wertheimer«, erklärte mir Felix. »Ein Onkel von mir, glaube ich.«

»Stumm oder taub?« fragte ich.

»Weder noch. Nur schweigsam. Der schweigsamste Onkel, den es jemals gab. Ich bekomme kein Wort aus ihm heraus. Er langweilt mich tödlich.«

Da überkam mich die Erleuchtung: »Hör zu, Felix. Ich habe einen ungefähr gleichaltrigen, gut erhaltenen Onkel, der das Gegenteil von schweigsam ist. Er redet pausenlos, ohne besonderen Wert darauf zu legen, daß man ihm zuhört. Wenn man ihn nur reden läßt. Wie wär's ...?«

Felix verstand mich sofort. Wir wechselten die Onkel. Seither kommt Onkel Wertheimer einmal wöchentlich zu mir, setzt sich stumm in eine Ecke meines Arbeitszimmers und starrt eine Stunde lang zur Decke, ehe er sichtlich zufrieden abgeht. Dafür ruft Onkel Kalman jeden Montag meinen Freund Felix an. Das Arrangement erfreut sich der Zustimmung aller Beteiligten, einschließlich meiner Mutter. »Hauptsache, daß Kalman jemanden hat, mit dem er plaudern kann«, entschied sie.

Kein Zweifel: Die Zukunft gehört dem Verwandtentausch. Ich werde demnächst ein Zeitungsinserat aufgeben: »Tausche gepflegte alte Tante mit toter Katze gegen lebensfrohe Cousine, 20 bis 25.«

Nehmen Sie Platz

Wie gesagt: nahe Verwandte sind professionelle Nervensägen. Ohne Ausnahme. Zu jeder Jahreszeit.

Es war beispielsweise ein heißer Sommertag, als mein Schwiegervater Bernhard – ein alter Zionist, der erst kurz zuvor nach Israel gekommen war – einen Empfehlungsbrief an die Wohnbaugenossenschaft »Amidar« bekam, mit dem Ersuchen, ihm eine Wohnung zuzuweisen und ihm womöglich keinen höheren Preis zu berechnen als den üblichen.

Es ist überflüssig zu sagen, daß, auf ausdrücklichen Wunsch meines Schwiegervaters, ich in das Zentralbüro der »Amidar« gehen mußte, um die Sache rasch zu erledigen. Man wies mich zum Zimmer Nr. 314, wo sich ein Herr namens Cheschwan meiner annehmen würde.

Zimmer Nr. 314 war leer. Im Nebenzimmer erfuhr ich, daß Herr Cheschwan gerade eine Besprechung mit Herrn Stern hätte, aber jeden Augenblick zurückkommen müßte. Ich wurde freundlich aufgefordert, solange Platz zu nehmen.

Ich nahm Platz. Ich saß eine Weile. Ich ging eine Weile auf und ab. Ich nahm abermals Platz. Dann öffnete sich die Tür. Ein Mann steckte den Kopf herein und fragte: »Wo ist Cheschwan?«

»Er ist in einer Besprechung mit Stern«, sagte ich. »Nehmen Sie Platz.«

Der Mann schien in Eile zu sein, denn er verschwand wortlos. Wenige Minuten später erschien ein anderer Mann, offensichtlich ein Beamter, und sah sich nervös im Zimmer um.

»Seien Sie nicht nervös«, beruhigte ich ihn. »Cheschwan ist in einer Besprechung mit Stern, aber er muß jeden Augenblick zurückkommen. Nehmen Sie Platz.«

»Keine Zeit. Wenn Cheschwan zurückkommt, bestellen Sie ihm bitte, daß Mayer ihn zu einer dringenden Besprechung erwartet. Er soll sofort kommen.«

»In Ordnung«, sagte ich.

Eine knappe Viertelstunde war vergangen, als wieder ein Beamter hereinkam und fragte: »Wo ist Kirschner?«

»Er war gerade hier«, antwortete ich. »Wenn Cheschwan von Stern zurückkommt, schicke ich ihn sofort hinüber. Nehmen Sie Platz.«

»Danke. Wissen Sie zufällig, ob er schon etwas wegen des Wohnbauprojektes Ramat Aron unternommen hat?«

»Das ist sehr wahrscheinlich«, sagte ich.

»Dann nehme ich die Mappe gleich mit. Wenn er nach Feintuch fragt, sagen Sie ihm, daß ich eine Besprechung mit Mayer habe.«

Einige Sekunden später stand Kirschner atemlos vor mir:

»Wo ist die Mappe Ramat Aron? Der Alte wird tobsüchtig, wenn sie sich nicht sofort findet!«

»Um Himmels willen!« rief ich. »Vor einer Minute hat Feintuch die Mappe zum Alten mitgenommen!«

»Und wo ist Cheschwan?«

»Er konferiert noch immer mit Stern. Ich warte hier auf ihn.«

»Gut«, meinte Kirschner. »Wenn das so ist, dann geben Sie doch bitte den Goldberg-Plan in die Givath-Seren-Mappe!«

»Mit Vergnügen«, sagte ich, übernahm die Papiere, suchte in den Regalen die Mappe Givath Seren heraus und gab den Goldberg-Plan hinein. Kaum war das erledigt, als Feintuch ins Zimmer stürzte:

»Was machen denn Sie hier?!« stieß ich unbeherrscht hervor, denn jetzt verlor ich langsam die Geduld. »Warum sind Sie noch nicht in der Besprechung? Wo doch der Alte ohnehin so schlecht gelaunt ist! Haben Sie gerne Krach?«

»Ich bin ja schon unterwegs. Ich wollte mir nur den Goldberg-Plan abholen.«

»Wozu brauchen Sie geradezu jetzt den Goldberg-Plan, Feintuch? Ich habe ihn eben erst in die Givath-Seren-Mappe gegeben. Soll ich ihn vielleicht wieder hervorkramen? Das ist doch unglaublich! Alle nützen mich aus. Und ich Idiot lasse mich von allen ausnützen.«

Feintuch war sichtlich verwirrt.

»Ich wollte den Goldberg-Plan ja nur für Mayer haben«, stotterte er entschuldigend. »Was halten Sie übrigens von dem Plan?«

»Nicht schlecht. Aber ich wüßte gern, was der Alte dazu sagt.«

Feintuch nahm den Plan an sich, um ihn an Mayer weiterzugeben. Bevor er ging, sagte er mir noch, daß der Alte es sehr gerne sähe, wenn ich die Liste der präsumtiven Mieter des Wohnbauprojektes Shekem durchginge und für Stern einen Bericht darüber schriebe.

Ich machte mich sofort an die Arbeit.

Während ich die Liste noch überprüfte, erschien Feintuch: ich möchte sofort zu Mayer kommen. »Als ob ich vier Paar Hände hätte, wie?« bemerkte ich mit wohlbegründetem Tadel, raffte die Akten zusammen und ging zum Alten. Mayer wollte meine Meinung über die architektonischen Qualitäten des Projektes Ramat Aron hören. Ich erklärte ihm offen, daß die Häuser zu nahe beieinander stünden und die Fenster zu klein wären. Kirschner begann zu stammeln. »Immer dasselbe«, sagte er. »Um so schlimmer«, gab ich scharf zurück. Und das sei nur ein weiterer Beweis dafür, daß es so nicht weitergehen könne.

Der Alte gab mir hundertprozentig recht, versetzte Kirschner in eine andere Abteilung (der wird mich jetzt mit seinem Haß verfolgen, dachte ich) und erteilte mir den Auftrag, das Ramat-Aron-Projekt zu übernehmen. Ich schickte sofort nach Feintuch und verlangte einen genauen Bericht innerhalb vierundzwanzig Stunden. Dann bestellte ich einen Wagen, fuhr nach Ramat Aron hinaus, hatte ein ausführliches Gespräch mit dem Architekten, prüfte die Pläne, nahm ein paar kleinere Verbesserungen vor und entließ einen aufmuckenden Ingenieur ohne Abfertigungsgelder. Dann fuhr ich in mein Büro zurück.

Dort erwartete man mich bereits in großer Erregung. Kirschner, der mir meinen meteorhaften Aufstieg neidete, hatte hinterrücks eine Flüsterkampagne gegen mich begonnen. Er wurde leichenblaß, als Feintuch auf mich zukam und mir mitteilte, daß Stern persönlich mich zu einer dringenden Besprechung erwarte.

Ich erstattete Stern einen detaillierten, vertraulichen Bericht über den derzeitigen Stand des Projektes und sparte nicht mit kritischen Bemerkungen über das langsame Arbeitstempo.

»Aber Sie müssen einsehen, Stern«, sagte ich abschließend, »daß ich ohne die entsprechende Autorität keine Verantwortung übernehmen kann.«

Stern sah das ein, berief sofort eine außerordentliche Sitzung des Exekutivkomitees und gab den Mitgliedern seines Stabes bekannt, daß er mich zu seinem Vertreter ernannt hatte. Mayer versuchte ein paar schäbige Andeutungen über meine relativ kurze Dienstzeit anzubringen, aber Stern war an diese Intrigen gegen mich bereits gewöhnt, drückte mir zum Abschied demonstrativ die Hand und sprach mir, für alle hörbar, sein Vertrauen aus.

Als ich in mein Büro kam, um noch rasch einmal die Akten Givath Seren vorzunehmen, begegnete ich einem neuen Mann. Mayer stellte ihn mir vor. Es war Herr Cheschwan, den ich sofort mit einer wichtigen Aufgabe in der Registratur betraute.

»Ich bin gewiß kein Unhold«, sagte ich ihm, »aber ich verlange pünktliche und gewissenhafte Arbeit. Ganz besonderen Wert lege ich darauf, daß mein Stab während der Bürostunden, also während das Publikum Zutritt zu den Amtsräumen hat, an keinen Besprechungen teilnimmt. Es könnten sonst die merkwürdigsten Situationen entstehen.«

Nachdem ich meinem Schwiegervater einen kompletten Wohnblock in Ramat Gan zugewiesen und einen kleinen Vorschuß auf mein Gehalt behoben hatte, machte ich Feierabend.

Manchmal lohnt es sich auch, nahen Verwandten behilflich zu sein.

Besuchszeiten: Montag und Donnerstag

Damit komme ich in meiner Eigenschaft als diensthabender Ehemann allmählich auf meine Tante Ilka zurück, jene bereits erwähnte alte Dame. Es passierte, als sie gerade mit der Säuberung ihres Fußbodens beschäftigt war. Sie stieß einen leisen Pfiff aus und konnte sich nicht mehr aufrichten. Ihr Meniskus oder etwas dergleichen hatte Schaden genommen, und Tante Ilka mußte ins Spital gebracht werden, wo man sie in der Abteilung 14 unterbrachte.

Kaum untergebracht, trug Tante Ilka der Oberschwester auf, uns alle telephonisch ans Krankenlager zu berufen und uns an ihre, Tante Ilkas, Vorliebe für Käsebrötchen zu erinnern, die vom Spital nur bei schweren Herzattacken verabreicht würden.

Die beste Ehefrau von allen entschied, daß ich der richtige Mann für diesen Auftrag sei. Man händigte mir ein Paket mit in Asche gebackenen Käsebroten aus, und bald darauf stand ich vor der doppelten Stacheldrahtumzäunung, die das Areal des Krankenhauses umgab.

Das eiserne Tor war geschlossen. Erst nach längerem höflichen Pumpern erschien ein stämmiger Portier und sagte: »Besuchszeiten Montag und Donnerstag nachmittag von 2 Uhr 45 bis 3 Uhr 30.«

»Danke sehr«, sagte ich. »Aber jetzt bin ich schon hier.«

»Lieber Herr«, sagte der Türhüter, »es liegt im Interesse der Patienten. Besuche regen sie auf und verzögern den Heilungsprozeß. Stellen Sie sich doch vor, was geschehen würde, wenn wir pausenlos Besuche einließen.«

»Sie haben vollkommen recht«, sagte ich, »das wäre schrecklich. Und jetzt lassen Sie mich bitte hinein.«

»Nein«, sagte er. »Ich habe strengen Auftrag. Sie betreten das Gebäude nur über meine Leiche.«

»Das möchte ich nicht. Ich möchte zu meiner Tante Ilka.«

»Nichts zu machen. Aber um 2 Uhr werde ich abgelöst. Vielleicht haben Sie bei meinem Nachfolger mehr Glück.«

Der Mann war nicht nur ein Fanatiker, er war auch noch stolz darauf. Ich wandte mich ab, Haß im Herzen und zornige Flüche auf den Lippen. »Mögen alle hier vertretenen Krankheiten dich gleichzeitig heimsuchen, du tobsüchtiger Maniake!« fluchte ich. »Und wenn du zerspringst: ich komme zu Tante Ilka hinein!«

Etwas später klopfte ich wieder an das Eingangstor, verfiel aber nicht in meinen früheren Fehler, sondern sagte dem neuen Portier: »Ich bin von der Redaktion der ›Jerusalem Post‹ und soll einen Artikel über Ihr Spital schreiben.«

»Einen Augenblick«, sagte Torhüter II. »Ich rufe Dr. Gebennehmer.«

Dr. Gebennehmer, ein Mann von gewinnenden Umgangsformen, empfing mich auf die netteste Weise und erbot sich sofort, mir das Institut zu zeigen.

»Vielen Dank, Herr Doktor«, sagte ich. »Aber ich finde mich lieber selbst zurecht. Das ist die neue Reportertechnik, wissen Sie; unmittelbare Eindrücke sammeln. Machen Sie sich bitte keine Mühe.«

»Es macht mir gar keine Mühe. Es ist mir ein Vergnügen.« Dr. Gebennehmer schob freundlich seinen Arm unter den meinen. »Außerdem brauchen Sie gewisse fachliche Informationen. Kommen Sie.«

Er schleppte mich durch die Abteilung 11, 12 und 13 und sprach dabei sehr anregend über die Hauptaufgabe der Presse, die seiner Meinung nach darin lag, dem Publikum besseres Verständnis für die Medizin im allgemeinen und für die Gebarung der Krankenhäuser im besonderen beizubringen. Ich folgte seinen Ausführungen mit zustimmendem Nicken und machte mir von Zeit zu Zeit

Notizen, etwa des Wortlauts: »Eins bis drei und vier bis sechse, Großmama war eine Hexe« oder etwas Ähnliches, meistens Gereimtes.

Die vorbildliche Ordnung, die in sämtlichen Abteilungen herrschte, wurde nur durch die Unzahl der Besucher ein wenig gestört. Im Durchschnitt saßen zwei komplette Familien an jedem Bett.

»Dabei ist jetzt gar keine Besuchszeit«, erklärte Dr. Gebennehmer. »Ich weiß wirklich nicht, wie alle diese Leute hereingekommen sind.«

»Macht nichts, macht nichts«, beruhigte ich ihn.

Plötzlich klang aus einem der Betten die Stimme einer alten Dame an mein Ohr:

»Hallo, Feri! Hast du den Käs mitgebracht?«

Es war eine eher peinliche Situation. Dr. Gebennehmer sah mich mit einem unangenehm fragenden Gesichtsausdruck an.

»Schalom, Tante Ilka!« rief ich aus. »Was für ein phantastischer Zufall!«

»Zufall? Hat die Nurse nicht angerufen? Wo ist der Käs?«

Ich übergab ihr rasch das Paket und versuchte Dr. Gebennehmer davon zu überzeugen, daß ich immer ein Paket mit Käsebroten bei mir trüge, aber er zuckte nur wortlos die Schultern und ging.

Tante Ilka verzehrte den Inhalt des Pakets in bemerkenswert kurzer Zeit und bestellte für den nächsten Tag eine Ladung Pfefferminzbonbons. Auch Bernhard und Mitzi sollte ich mitbringen. Und natürlich meine Frau. Als ich zaghaft einwarf, daß morgen keine Besuchsstunden wären, deutete Tante Ilka mit einer vielsagenden Geste auf das Gewimmel im Raum und schickte mich nach Hause. Wir gingen sofort an die Arbeit. Mitzi nähte auf ihrer Maschine kleine weiße Schwesternhauben, dann holte sie von ihrem Friseur drei weiße Kittel, und dann verfertigten wir mit Hilfe zweier Besenstiele eine Tragbahre. Das war alles, was wir brauchten.

Am nächsten Tag brachte uns ein Taxi in die Nähe des Spitals, wo wir unsere Verkleidung anlegten. Meine Frau wurde auf Patrouille geschickt und meldete, daß der tobsüchtige Maniake von gestern, den ich ihr genau beschrieben hatte, jetzt wieder das Tor bewachte. Ich nahm auf der Tragbahre Platz und wurde mit einem weißen Leintuch zugedeckt. Bernhard und Mitzi trugen mich, die beste Ehefrau von allen hielt mir die Hand und befeuchtete von Zeit zu Zeit meine fiebrig vertrockneten Lippen. Die Invasion glückte. Der maniakische Bulle fiel auf unseren primitiven Trick herein und ließ uns glatt passieren.

Aus Sicherheitsgründen machten wir einen Umweg durch mehrere andere Abteilungen. Gerade als Abteilung 14 in Sicht kam, riß jemand mit derber Hand mein Leintuch zurück:

»Sie!« brüllte Dr. Gebennehmer. »Sind Sie wahnsinnig?«

»Jetzt ist nicht der Augenblick zum Scherzen«, sagte ich gepreßt. »Ich sterbe. Eine Schlange hat mich gebissen.«

Dr. Gebennehmer erbleichte und zog mich persönlich in sein Ordinationszimmer. Gerade daß ich die Pfefferminzbonbons noch an Bernhard weitergeben konnte. »Rasch«, flüsterte ich, »und küßt Tante Ilka von mir ...«

Die anderen machten sich aus dem Staub und ließen mich in Dr. Gebennehmers Klauen. Dr. Gebennehmer hantierte bereits an seinen Spritzen und Phiolen herum und kündigte an, daß er mich jetzt mit Curare vollpumpen werde, dem einzigen zuverlässigen Antitoxin gegen Schlangengift. Mir wurde ein wenig unbehaglich zumute. Mehr als das: ich begann mich zu fragen, ob ich mich hier wirklich malträtieren und vielleicht vergiften lassen müsse, nur weil Tante Ilka vor ihrer Operation unbedingt Pfefferminzbonbons lutschen wollte? Ich entschied diese Frage mit Nein, war mit einem Satz aus dem Zimmer draußen, rannte in den Hof und sprang auf einen der Trolleywagen, die den Verkehr zwischen den einzelnen Abteilungen besorgten.

»Los!« zischte ich dem Fahrer zu. »Egal wohin! Fahren Sie!«

In einer entfernt gelegenen Abteilung mischte ich mich unter die Besucher und entkam.

Am Abend stieß ich wieder zu meiner Familie. Tante Ilka, so hörte ich, wäre in bester Verfassung und nur etwas beleidigt, weil ich sie nicht besucht hatte. Sie wünschte sich viele Schweizer Illustrierte. Mitzi schlug vor, einen Schacht unter den Stacheldraht zu graben; aber das hätte mindestens drei Tage in Anspruch genommen, und so lange konnten wir Tante Ilka unmöglich ohne Besuch und ohne Illustrierte lassen. Andererseits konnten wir jetzt keine Kollektivbesuche mehr riskieren, sondern mußten uns mit Einzelaktionen begnügen. Also warf ich mich am nächsten Tag wieder in den Friseurmantel, der am Rücken zugeknöpft wurde, und vollendete meinen Habitus mit einer dicken Brille und einer Zukkerbäckermütze.

Am Spitaltor stand wieder der bullige Maniake. Rasch band ich mir ein Taschentuch vors Gesicht, ging in teutonischem Stechschritt an ihm vorbei (fast alle unsere Ärzte sind deutsche Juden) und ließ ein scharfes »Jawoll« hören, worauf er die Hacken zusammenschlug. Ich stelzte inspizierend durch die Abteilungen 11 und 12 und näherte mich der Abteilung 13, als ich mich am Arm gepackt fühlte.

»Gott sei Dank, daß Sie hier sind, Herr Professor! Kommen Sie schnell! Eine dringende Operation ...«

»Bedaure, Dr. Gebennehmer«, murmelte ich hinter meiner Maske hervor, »ich bin außer Dienst.«

»Aber es ist ein dringender Fall, Herr Professor!« Dr. Gebennehmer zerrte mich in den Operationssaal, und ehe ich wußte, wie mir geschah, hatte ich mir die Hände gewaschen und stand unter den Scheinwerfern. Da wurde auch schon das Bett mit dem Patienten hereingerollt.

»Hast du die Schweizer Illustrierten mitgebracht?« fragte Tante Ilka.

»Sie halluziniert bereits«, sagte Dr. Gebennehmer und versetzte Tante Ilka eilig in den Zustand der Bewußtlosigkeit. Auch ich fühlte mich einer Ohnmacht nahe. Schließlich hatte ich noch nie einen Meniskus operiert, schon gar nicht an meiner eigenen Tante.

Als die Operationsschwester mich fragte, ob ich ein kleines oder großes Skalpell wünsche, wandte ich mich in plötzlichem Entschluß zu Dr. Gebennehmer:

»Bitte übernehmen Sie.«

Dr. Gebennehmer errötete vor Stolz und Freude. Es war das erstemal, daß ein Professor ihm freie Hand für eine Operation ließ, und er begann sofort Tante Ilkas Knie aufzuschneiden. Das Gefühl, das dabei in mir hochstieg, glich jenem, mit dem ich gelegentlich in unserer Küche das Tranchieren von Hühnerschenkeln beobachte, obwohl ich sie dann ganz gern esse, am liebsten mit Gurkensalat.

»Entschuldigen Sie«, sagte ich mühsam und verließ ein wenig taumelnd den Operationssaal. Draußen nahm ich sofort die Maske ab, um Atem zu holen. In diesem Augenblick kam der maniakische Portier vorbei, klopfte mir freundlich auf die Schulter und sagte: »Sehen Sie – heute können Sie Ihre kranke Tante besuchen!«

Ich hatte vollkommen übersehen, daß es Donnerstag war und kurz nach 2 Uhr. Eigentlich hätte mir das auffallen müssen. Es war nämlich kein einziger Besucher im ganzen Spital.

Schluck auf, Schluck ab

Ehemänner leben nach den jüngsten statistischen Erhebungen länger, Junggesellen nur glücklicher. Es bedarf daher schon außergewöhnlicher Umstände, wenn ein Ehemann im Kreis seiner segenspendenden Familie erkrankt.

Ich jedenfalls saß friedlich am Familientisch, als ohne ersichtlichen Grund etwas in mir aufstieß. Ich machte »Hick!« und hatte damit den Grundstein zu einer nicht endenwollenden Schluckauf-Serie gelegt.

Meine Familie schritt sofort zu den in solchen Fällen erprobten Gegenmaßnahmen. Die beste Ehefrau von allen ließ dicht an meinem Ohr zahlreiche Papiersäcke explodieren, die Kinder brüllten in meinem Rücken bis zur Erschöpfung des Überraschungsmoments »Buh!«. Ich selbst blieb beim »Hick«.

In der Nacht konnte ich nicht schlafen. Am Morgen ging ich ins Spital.

Nach einigem Hin und Her wurde mir die Vergünstigung einer Bettstatt am Ende des Korridors zuteil. Eine junge Krankenschwester schob mir ein Kissen unter den Nacken und forderte mich energisch auf, mich zu entspannen.

»In wenigen Minuten«, sagte sie, »beginnt Professor Oppit die Morgenvisite. Sie werden im Nu geheilt sein.« Hierauf steckte sie mir ein Thermometer in den Mund und entschwand.

Tatsächlich sah ich bereits nach einer Stunde am anderen Ende des Korridors die weißgekleideten Gestalten des Professors und seiner Gefolgschaft auftauchen.

Professor Oppit, eine majestätische Erscheinung mit durchdringendem Blick und dröhnender Stimme, beauftragte zunächst einen Wärter, die Scherben meines Thermometers vom Boden aufzulesen. Dann trat er an mich heran. Hinter ihm ballten sich die devoten Assistenzärzte und eine Schar wißbegieriger Studenten zusammen.

»Schluckauf«, diagnostizierte er mit der unfehlbaren Sicherheit des großen Mediziners. »Singultus excessivus. Ein typischer Fall. Beachten Sie den pfeifenden Atem.«

Er zog mich an den Haaren hoch. Ich bezog eine sitzende Position und pfiff gehorsam. Sollte ich eine Kapazität seines Ranges vielleicht Lügen strafen?

»Das Pfeifen«, verkündete er, »könnte binnen kurzem in ein Stöhnen übergehen, falls sich die Respirationsorgane durch eine Verengung der Stimmbänder stärker zusammenziehen.«

»Hick«, entgegnete ich.

Der Professor nahm es mit einem kaum merklichen Nicken zur Kenntnis und fuhr fort:

»Unter bestimmten Voraussetzungen ergibt sich aus den daraus resultierenden Reflexen eine völlige Unfähigkeit des Patienten, durch den Mund zu atmen.« Er griff zu Demonstrationszwecken nach meiner Nase und klemmte sie zwischen Daumen und Zeigefinger ein:

»Das Gesicht verfärbt sich bis zu tiefem Blau, die Membrane reagiert mit periodischen Spasmen. In extremen Fällen kann der fortgesetzte Sauerstoffentzug die Augen des Patienten in Mitleidenschaft ziehen und die Hornhaut beschädigen.«

Gebannt beobachtete die Suite des bedeutenden Mannes meine Versuche, ohne Atemtätigkeit zu überleben. Als ich nicht mehr weiterkonnte, gab ich ein paar höfliche Grunzlaute von mir, denen sich eine wilde »Hick«-Salve anschloß.

»Bitte, Herr Professor«, ließ ein Student sich vernehmen, »wie lange können solche Schluckauf-Attacken dauern?«

»Je nachdem. Wochen. Monate. Sogar Jahre.«

»Mit tödlichem Ausgang?«

»Auch das.«

Professor Oppit zog mir die Pyjamajacke aus, drückte mich nieder und setzte sich mit vollem Gewicht auf meinen Unterleib. Ich konnte ein leises Wimmern nicht unterdrücken und spürte deutlich, wie die Matratze nachgab.

»Im Augenblick«, nahm Professor Oppit die Live-Übertragung wieder auf, »befinde ich mich direkt über der Gallenblase. Wenn die umliegenden Gewebe degenerieren, was sehr wahrscheinlich ist, dringt der Nitrogenüberschuß in die Leber, wo er zur Bildung von Stärke führt.«

Hier unterbrach der Professor seinen Vortrag, erhob sich, packte meinen Kopf und zwängte ihn zwischen meine Knie. Die Menge schwärmte zur anderen Seite des Bettes, um nichts von mir zu versäumen.

Als alle Zuschauer ihre Plätze bezogen hatten, stemmte Professor Oppit mit Hilfe eines Bleistifts meinen Mund auf, steckte seine Hand hinein und kam mit meiner Zunge ans Licht, was mich zu heftigem Wehklagen nötigte. Bei dieser Gelegenheit nahm er endlich meine Anwesenheit zur Kenntnis.

»Hallo«, grüßte er. »Wie fühlen Sie sich?«

»Hick«, antwortete ich wahrheitsgemäß.

Ich lag noch immer zusammengekrümmt da, mit heraushängender Zunge und bis zum Rand mit Stärke gefüllt. Professor Oppits Finger rochen nach Seife und strahlten gleichzeitig Äther und Autorität aus.

»Die an Verwelkung grenzende Trockenheit der Zunge« – damit winkte er das Publikum zu näherem Augenschein an mein Bett – »ist eine Folge der unzulänglichen Speichelzufuhr. Das bewirkt in sechzig Prozent der Fälle deutliche Lähmungserscheinungen und ein völliges Aussetzen der normalen Reflexe.« Zum Beweis seiner These nahm er aufs neue meine Zunge, drehte mir den Kopf ins Genick und klopfte mehrmals an meine Hirnschale, die tatsächlich jeden Reflex vermissen ließ. Ein Assistenzarzt sprang eilfertig herzu, um meine Augen, sollten sie mir aus den Höhlen fallen, sofort aufzufangen.

Der Anblick einer an meinem Bett vorüberfahrenden Leiche weckte meinen Selbsterhaltungstrieb. Mit einer letzten Kraftanstrengung riß ich meine Zunge an mich:

»Der Schluckauf hat aufgehört!« rief ich. »Verbinden Sie mich mit unserer Botschaft!«

Professor Oppit gab meinen Kopf frei und ließ mich zurückfallen, wobei ich verschiedene Gliedmaßen um mich streute.

»Hier, meine Herren, können Sie die tragischen Auswirkungen eines Schluckaufs feststellen«, schloß er seine Demonstration. Dann wandte er sich an einen der Sekundarärzte: »Schaffen Sie den Mann in die orthopädische Abteilung«, ordnete er an und begab sich unter dem Beifall der Menge zu seinem nächsten Objekt.

Ich begann meine Gliedmaßen zu sammeln, fand alle bis auf einen ohnehin schon gebrauchten Daumen und wurde von der jungen Krankenschwester, nachdem sie meine Arme und Beine richtig eingeschraubt hatte, vorsichtig auf den Boden gestellt.

»Die einzig mögliche Heilmethode für Schluckauf«, erklärte sie stolz, während sie mich zum Ausgang geleitete. »Schockbehandlung. Eine Spezialität unseres Professors. Er ist auf diesem Gebiet einsame Spitze.« Hoffentlich bleibt er's. So einsam wie möglich.

Wettervorhersage: Neigung zu Regenschirmverlusten

Das ist heuer wirklich ein unmöglicher Winter. Man weiß nicht: hat er endlich begonnen, oder ist er schon vorüber? Manchmal ballen sich dunkle Wolken am Himmel zusammen, ein sibirischer Wind heult durch die Gegend – zehn Minuten später scheint die Sonne, als wäre nichts geschehen – und wird nach weiteren fünf Minuten durch einen kleinen Platzregen oder durch ein Lokalgewitter abgelöst. In solchen Zeiten empfiehlt es sich für einen verantwortungsbewußten Ehemann nicht, das Haus ohne Regenschirm zu verlassen. Er könnte Schaden nehmen. Der Ehemann. Nicht der Schirm. Zumindest schien mir das der Standpunkt der besten Ehefrau von allen, als ich mich anschickte, unseren Wagen aus »Mike's Garage« abzuholen, wo er sich in Reparatur befand.

»Nimm meinen Regenschirm, Liebling«, sagte sie. »Aber bitte, verlier ihn nicht!«

Jedesmal, wenn ich mit einem Regenschirm das Haus verlasse, wiederholt sie diese völlig überflüssige Mahnung. Wie ein Papagei. Wofür hält sie mich? Für ein unmündiges Kind?

»Teuerste«, sagte ich mit einem unüberhörbar sarkastischen Unterton, »wann habe ich jemals meinen Regenschirm verloren?«

»Vorgestern«, lautete die prompte Antwort. »Eben deshalb möchte ich nicht, daß du jetzt auch noch meinen verlierst.«

Dieser Triumph in ihrer Stimme! Mit welchem Genuß sie mir unter die Nase reibt, daß ich meinen Regenschirm zufällig irgendwo stehen ließ und daß ich jetzt den ihren nehmen muß! Obendrein beleidigt sie damit meine männliche Würde, weil ihr Regenschirm geradezu aufreizend feminin wirkt: klein, gebrechlich, blaßblau und statt eines anständigen Griffs ein Hundekopf aus Marmor oder Elfenbein oder was weiß ich. Angewidert nahm ich das Wechselbalgerzeugnis an mich und begab mich in den strömenden Regen.

Es muß nicht erst gesagt werden, daß das Wetter, als ich dem Autobus entstieg, sich wieder in ein völlig sommerliches verwandelt hatte. Der Himmel war klar, die Bäume blühten, die Vöglein zwitscherten, die Sonne schien, und ich ging mit einem Damenregenschirm unterm Arm durch die Straßen.

Der Wagen war noch nicht fertig. Mike hatte noch etwas im Getriebe entdeckt. Aber es würde nicht mehr lange dauern.

Den Heimweg benützte ich, um auf der Bank etwas Geld zu beheben.

Anschließend nahm ich kurzen Aufenthalt im Café California, plauderte mit Freunden über die Krise der zeitgenössischen Theaterkritik und traf pünktlich um 13 Uhr 45 zu Hause ein.

Die Frage, mit der die beste Ehefrau von allen mich empfing, lautete:

»Wo ist der Regenschirm?«

Tatsächlich: wo war er? Ich hatte ihn vollständig vergessen. Aber wo? Ruhige Überlegung tat not. Und schon kam die Erleuchtung:

»Er ist im ›California‹! Ich erinnere mich ganz deutlich, daß ich ihn zwischen meinen Knien versteckt hielt, damit ihn niemand sieht. Natürlich. Ich hole ihn sofort, Liebling. In zwei Minuten bin ich zurück.«

Durch den Regen, der inzwischen aufs neue eingesetzt hatte, sauste ich zum Bus. Während der Fahrt hatte ich Zeit, über die Engländer nachzudenken, die ohne Regenschirm keinen Schritt machen und ihn auch dann nicht verlieren, wenn der Regen aufhört. Auf diese Weise haben sie ein Empire aufgebaut, und auf diese Weise haben sie es wieder verloren. Man müßte der Wechselbeziehung zwischen Regenschirm und Weltgeschichte einmal genauer nachgehen ... Unter derlei globalen Gedanken kam ich an meinem Bestimmungsort an. Ich erwachte erst im letzten Augenblick, sprang auf, ergriff den Regenschirm und drängte mich zum Ausgang.

»He! Das ist mein Schirm!«

Der Ausruf kam von einer sehr dicken Dame, die während der ganzen Zeit neben mir gesessen war. In meiner Zerstreutheit hatte ich ihren Regenschirm genommen. Na und? So etwas kann vorkommen. Aber die sehr dicke Dame machte einen fürchterlichen Wirbel, bezeichnete mich als Taschendieb und drohte mir sogar mit der Polizei. Vergebens suchte ich ihr zu erklären, daß ich auf ihren schäbigen Schirm nicht anstünde und mehrere eigene besäße, die strategisch über die ganze Stadt verteilt wären. Die sehr dicke Dame schimpfte ungerührt weiter, bis ich mich ihren Attacken durch die Flucht entzog.

Im »California« fand ich sofort den Regenschirm der besten Ehefrau von allen, oder genauer: dessen Überbleibsel. Man hatte ihn achtlos in eine Ecke geworfen und war barbarisch über ihn hinweggetrampelt, so daß er vor lauter Schmutz kaum wiederzuerkennen war. Was würde meine Frau sagen? Wirklich, das Leben in unserem Land wird in letzter Zeit immer schwieriger ...

»Siehst du«, rief ich mit forcierter Fröhlichkeit, als ich ihr gegenüberstand. »Ich habe ihn gefunden.«

»*Was* hast du gefunden?«

»Deinen Regenschirm!«

»Das soll mein Regenschirm sein?«

Wie sich herausstellte, war der blaue Regenschirm inzwischen von der Bank zurückgeschickt worden. Jetzt fiel mir auch ein, daß ich ihn dort vergessen hatte. Natürlich, auf der Bank. Aber wem gehörte dann dieses schwarze, schmierige Zeug?

Das Telephon läutete.

»Hier ist der Oberkellner vom ›California‹«, sagte der Oberkellner vom »California«. »Sie haben meinen Regenschirm mitgenommen. Das ist nicht schön von Ihnen. Ich mache um drei Uhr nachmittag Schluß, und draußen regnet es.«

»Entschuldigen Sie. Ich bringe ihn sofort zurück.«

Die beste Ehefrau von allen legte abermals Symptome von Nervosität an den Tag.

»Nimm meinen Regenschirm«, sagte sie. »Aber bitte, verlier ihn nicht wieder.«

»Wozu brauche ich deinen Regenschirm? Ich hab ja den vom Kellner!«

»Und für den Rückweg, du Dummkopf?«

Haben Sie, verehrter Leser, jemals in einer heißen, sonnenüberglänzten Mittelmeerlandschaft zwei Regenschirme unterm Arm getragen, von denen der eine wie ein schadhafter schwarzer Fallschirm aussah und der andere in einen marmornen Hundekopf auslief? Die Wartenden an der Bushaltestelle konnten sich an mir nicht satt sehen. Es war so peinlich, daß ich einen Schwindelanfall erlitt. Ich suchte eine nahegelegene Apotheke auf, wo ich zwei Beruhigungstabletten einnahm und so lange warten wollte, bis es wieder zu regnen begänne. Mein Vorsatz scheiterte an dem mörderischen Hunger, der mich plötzlich überkam und mich in ein Buffet an der nächsten Ecke trieb. Dort konnte ich in aller Eile ein paar Brötchen ergattern, die ich dann im Bus verschlang.

Vor dem Café California wartete der Kellner und sah mich fragend an:

»Wo ist mein Regenschirm?«

Tatsächlich. *Er* fragte *mich*, wo sein Regenschirm ist. Wie soll ich das wissen? Was kümmert mich sein Regenschirm? Ich möchte wissen, wo der Regenschirm meiner Frau ist. Ich möchte wissen, warum alle Regenschirme der Welt sich in meiner Hand Rendezvous geben und dann spurlos verschwinden.

»Nur ein wenig Geduld«, beruhigte ich den Kellner. »Sie werden Ihren Regenschirm sofort haben.«

Ungeachtet des niederprasselnden Wolkenbruchs rannte ich zur Haltestelle zurück. Schön, den Regenschirm der besten Ehefrau von allen habe ich also verloren, das bleibt in der Familie. Aber wie kommt der arme Kellner dazu?

Atemlos riß ich die Tür zur Apotheke auf:

»Ich ... hier ... vor ein paar Minuten ...«

»Weiß schon«, unterbrach mich der Apotheker. »Ist er das?«

Ich nahm den Schirm an mich und rannte weiter. Natürlich hätte ich nicht schwören können, daß es der Schirm meiner Frau war. Er sah ihm ähnlich, gewiß, aber er flößte mir trotzdem Zweifel ein. Schon deshalb, weil er grün war und als Griff keinen Elfenbeinmops hatte, sondern einen flachen Schnabel mit den eingravierten Worten: »Meiner Schwester Dr. Lea Pickler.« Es schien doch nicht ganz der Schirm meiner Frau zu sein. Aber irgend etwas mußte ich dem Kellner schließlich zurückbringen. Der Kampf ums Dasein ist hart. Nur die Tüchtigsten überleben. Heute du, morgen ich, es hilft nichts. Wenn du dich nicht wehrst, stehst du plötzlich ohne Regenschirm da. Angeblich werden im Depot der Städtischen Autobuslinien täglich frische Regenschirme verteilt. Jetzt geh hin und sag ihnen: »Ich habe meinen Regenschirm in einem Bus der Linie 94 stehen lassen!« 94 ist eine sehr stark befahrene Linie. »Ist das Ihr Schirm?« fragt ein Beamter der Fundabteilung. »Dieser Fetzen?« fragst du zurück. »Zeigen Sie mir etwas Besseres!« Und wenn du Glück hast –

»Hallo, Sie!«

Der Buffetinhaber winkte mich in seinen Laden. Und da in einer Ecke gelehnt, wie Bruder und Schwester, standen die beiden streunenden Schirme, der des Verbrechers vom Café California und der meiner Witwe.

Den Blick fest zu Boden gerichtet, reihte ich mich an der Bushaltestelle in die Schlange der Wartenden ein. Von meinem Arm baumelten drei Regenschirme, ein schwarzer, ein blauer und ein grüner. Wenn es wenigstens geregnet hätte! Aber woher denn, es herrschte schon wieder strahlendes Sommerwetter mit leicht auffrischendem Südwestwind. Ich rollte die drei Schirme in ein Bündel zusammen, als wäre ich ein Schirmvertreter, der mit seinen neuesten Mustern unterwegs ist. Aber das Volk der Juden hat in seiner langen Geschichte gelernt, sich nicht so leicht täuschen zu lassen. Mißtrauische Blicke trafen mich, und ein paar Halbwüchsige deuteten mit Fingern nach mir, wobei sie unverschämt kicherten. Eine feine Jugend, die uns da heranwächst!

Im Bus verdrückte ich mich ganz nach hinten, in der Hoffnung, daß man von meinen Schirmdrillingen keine Notiz nehmen würde. Die Umsitzenden enthielten sich auch wirklich aller Kommentare. Offenbar hatten sie sich bereits an mich gewöhnt.

Nach einigen Stationen wagte ich aufzublicken. Und da – da – mir gegenüber – direkt mir gegenüber – um Himmels willen!

Die sehr dicke Dame. Dieselbe sehr dicke Dame, mit der ich schon einmal zusammengestoßen war. Sie fixierte mich. Sie fixierte meine drei Regenschirme. Und sie sagte:

»Guten Tag gehabt heute, eh?!«

Dann wandte sie sich an die Umsitzenden und erklärte ihnen den Sachverhalt: »Der Kerl schnappt Regenschirme, wo er sie sieht, und macht sich aus dem Staub. Ein gesunder junger Mensch, gut gekleidet, und stiehlt Regenschirme, statt einen anständigen Beruf auszuüben. Eine Schande. Vor zwanzig Jahren hat es in unserem Land keine solchen Typen gegeben.«

Es folgte allgemeine Zustimmung mit anschließendem Tatendrang. »Polizei«, sagte jemand. »Man muß ihn der Polizei übergeben.«

Die Haltung der Menge wurde immer drohender. Mir blieb keine Rettung, als zum Ausgang zu flüchten und in höchster Eile den Bus zu verlassen. Mit einer gewaltigen Kraftanstrengung machte ich mir den Weg frei und warf mich hinaus in den Regen. Schützend hob ich die Hände über meinen Kopf . . .

Die Hände? Beide Hände?

In einem Wagen der Autobuslinie 5 sind drei Regenschirme auf dem Weg in die Ewigkeit.

Ich stehe mit geschlossenen Augen im Regen, ein völlig durchnäßter Familienvater, ein später Nachfahre König Lears am Ende seines Lebens. Ich stehe und rühre mich nicht. Das Wasser rinnt in meinen Kragen, durch meine Unterwäsche, in meine Schuhe. Ich stehe und werde hier stehenbleiben, bis die Sintflut kommt oder der Frühling.

Familienväter haben im allgemeinen ein angeborenes Organisationstalent. Sie haben keine andere Wahl. Besonders am frühen Morgen des Unabhängigkeitstages, kurz nach 5 Uhr, wenn dich das schrille Läuten des Telephons aus dem Bett holt.

»Hallo, Josske«, ließ eine zutrauliche Stimme am anderen Ende des Drahts sich vernehmen. »Hab dich schon lange nicht gesehen. Wie geht's denn immer?«

»Danke, gut«, gähnte ich. »Und wie geht's selbst?«

»Soso, lala. Eigentlich eine Schande, daß wir nie mehr zusammenkommen, Josske.«

»Eigentlich ja. Aber ich heiße nicht Josske. Mit wem habe ich das Vergnügen?«

»Das fragst du noch? Hier ist Mischa. Erinnerst du dich nicht? Ich bin mit deinem Bruder in die Schule gegangen!«

Nach und nach ergab sich eine gemeinsame Basis, und Mischa versprach, mich um 10 Uhr 30 zu einem gemütlichen Plausch zu besuchen. Es war, wie der Zufall so spielt, der Zeitpunkt, an dem die große Militärparade unter unserem Fenster vorbeifahren sollte. Ich bat meine Frau, für den Schulfreund meines Bruders einen kleinen Imbiß vorzubereiten.

Sie erfahre erst jetzt, daß ich einen Bruder habe, sagte die beste Ehefrau von allen.

Ich war zu verwirrt, um der Sache nachzugehen. Und meine Verwirrung wuchs, als es um 6 Uhr an der Tür läutete. Draußen stand die Familie Grünspan aus Beer-Scheba mit allen drei Kindern und deren Spielgefährten. Auch das Stubenmädchen hatten sie mitgebracht. Auch das Stubenmädchen hatte ein Kind.

»Wir wollten euch schon längst einmal besuchen«, erklärte die Familie Grünspan. »Aber es ist immer etwas dazwischengekommen. Heute hat's endlich geklappt.« Im übrigen wollten uns die Grünspans samt Anhang nicht zur Last fallen. Sie wollten nur ein wenig frische Luft schnappen, auf dem Balkon, wo sie entlang des Geländers Posten bezogen.

In den folgenden zwei Stunden riefen mich 117 frühere Schulkollegen an und erkundigten sich nach meiner Gesundheit. Jetzt begannen wir zu verstehen, warum die unter uns wohnende Familie Bialazurkewitsch vor zwei Tagen ihre Wohnung verlassen und an der Tür ein Schild mit der Aufschrift: »Achtung, Lepragefahr!« angebracht hatte.

Um 8 Uhr 30 schalteten wir das Telephon ab.

Bald darauf erschien ein junger Mann mit einem warmen Empfehlungsschreiben von Frau Pomeranz, in dem sie uns bat, ihren Neffen, den sie wie einen Sohn liebte, von unserem Balkon aus die Parade mitansehen zu lassen. Es war das erstemal, daß man mit einer solchen Bitte an uns herantrat, und ich empfand das als große Ehre, obwohl ich keine Frau Pomeranz kannte.

Nachdem der junge Mann sich installiert hatte, beschlossen wir, niemanden mehr einzulassen. Mischa konnte natürlich kommen, schon meinem Bruder zuliebe, aber dann war Schluß. Höchstens für unsere Verwandten würden wir noch eine Ausnahme machen. Und für den Besitzer des Fleischerladens mit Frau und Kindern. Von dem wären wir ja in gewissem Sinn abhängig, meinte die beste Ehefrau von allen. Dem Milchmann hingegen machte ich energisch klar, daß er seine Verwandten nicht mitbringen dürfe, nur seine Eltern. Da der Balkon bereits überfüllt war, wurden Tische und Stühle zu den Fenstern geschoben und pyramidenförmig angeordnet.

Ein anhaltendes Surren des ausgeschalteten Telephons nötigte mich, den Hörer zu ergreifen.

»Hier der Störungsdienst. Ist etwas mit Ihrem Apparat nicht in Ordnung?«

»Ich habe ihn für den Rest des Tages ausgeschaltet, das ist alles.«

»Wir müssen trotzdem nachprüfen. Bitte sorgen Sie dafür, daß um 10 Uhr 30 jemand zu Hause ist.«

Nach Beendigung des Gesprächs wandte ich mich an unseren mittlerweile eingetroffenen Hausarzt und bat ihn, den schweren Kleiderschrank nicht zum Fenster zu schieben, aber er sagte, daß ihm das überhaupt keine Mühe machte.

Um 10 Uhr wurde die Tür eingebrochen. Zahlreiche junge Menschen, die sich als Schulkameraden meines Sohnes bezeichneten, drangen ein, stürzten die Bücherregale um, um erhöhte Aussichtspunkte zu gewinnen, und stellten die noch vorhandenen Stühle auf das Klavier. Meiner vorwurfsvollen Frage, ob er denn gleich die ganze Schule hätte mitbringen müssen, hielt mein Sohn gekränkt entgegen, daß er niemanden aus dieser Horde kannte. Ich mußte ihm glauben. Mein Sohn ist acht Jahre alt, das Durchschnittsalter der Eindringlinge lag bei zwanzig.

Die Situation auf dem Balkon wurde kritisch, als Mischa eine Leiter gegen die Rücken der Familie Grünspan stützte. Eine heftige Auseinandersetzung entstand, und der Bruder des Gatten der Grünspanschen Haushaltshilfe, also der Onkel des Kindes, fiel auf den Bialazurkewitsch-Balkon im tieferliegenden Stockwerk. Zum Glück blieb er unverletzt, da der Balkon dicht mit Leprakranken besetzt war. Vom Lärm angelockt, erschien der unten patrouillierende Polizist und brachte seine beiden Töchter mit.

Im weiteren Verlauf trafen noch folgende Persönlichkeiten ein: eine ältere Dame unbekannter Herkunft; Frau Pomeranz, die sich nach dem Wohlbefinden ihres Neffen erkundigen wollte; eine jemenitische Tanztruppe; der Friseur der besten Ehefrau von allen; ein gewisser Joel

Finkelstein, der sich wenigstens vorstellte; der schwedische Botschafter; ein Mädchen namens Judy; mehrere Mitglieder einer äthiopischen Studienkommission; das Akrobatentrio »Die fliegenden Codonas«; meine Schwester; die zweite Fallschirmbrigade; und die Brüder Karamasow.

Die Gäste wurden hungrig. Ich schlug mich auf die Straße durch und kaufte den fliegenden Erfrischungshändlern alles Eßbare ab. Einige von ihnen, und ihre enttäuschten Kundschaften dazu, wollten mit mir in die Wohnung zurückkehren, aber ich ließ nur jeden dritten ein.

Ein Beamter der Städtischen Behörde für Wohnbausicherheitsfragen überbrachte mir eine offizielle Warnung, daß der Balkon und möglicherweise auch der Fußboden bei weiterer Belastung einstürzen würde. Dann fragte er, ob er seine Frau hierlassen könnte.

Schließlich kam noch der Installateur Stux, den wir im Herbst des Jahres 1952 zur Reparatur eines tropfenden Wasserhahns bestellt hatten.

Als der rechte Teil des Balkons zu bröckeln begann, zogen sich die dort Versammelten auf den linken Teil zurück. Die Risse im Fußboden des Wohnzimmers veranlaßten die dort Befindlichen zur Übersiedlung in die Küche, doch erwies sich diese Lösung nicht lange als haltbar. Einige der Gäste hatten Glück und wurden von den Trümmern nur bis zur Brusthöhe begraben, so daß sie freien Ausblick behielten. Ich selbst interessiere mich nicht für Militärparaden.

Liebe deine Nächsten

Eine gemütliche Zusammenkunft

Es ist nur natürlich, daß das Oberhaupt der Familie auch für die gesellschaftlichen Ereignisse verantwortlich ist. Vorgestern zum Beispiel lief mir Gerschon über den Weg und sagte hallo, höchste Zeit, lange nicht gesehen, und warum kommen wir nicht heute abend zusammen und gehen irgendwohin oder in ein anderes Lokal. Ich stimmte zu, und wir wollten nur noch unsere Frauen zu Rate ziehen, jeder die seine, und dann besprechen wir's endgültig.

Ich muß vorausschicken, daß meine Frau und ich mit Gerschon und Zilla befreundet sind und uns immer freuen, sie zu sehen, ganz ohne Formalitäten, einfach um gemütlich mit ihnen beisammen zu sitzen und zu plaudern, nichts weiter.

Als ich Gerschon gegen Abend anrief, war Zilla noch in ihrem Yoga-Kurs, sie käme ungefähr um halb sieben, sagte er, und dann würde er sofort zurückrufen und unser Rendezvous fixieren. Der Einfachheit halber schlug ich als Treffpunkt »Chez Mimi« vor, ein neues Lokal, aber Gerschon sagte nein, ausgeschlossen, neue Lokale sind bekanntlich immer überlaufen und man bekommt nie einen Tisch, gehen wir doch lieber ins »Babalu«, dort gibt es wunderbare Käsepalatschinken.

An dieser Stelle griff die beste Ehefrau von allen ein, riß den Hörer an sich und machte Gerschon aufmerksam, daß eine einzige Käsepalatschinke 750 Kalorien enthalte, und »Babalu« käme nicht in Frage, in Frage kommt »Dudiks Gulaschhütte«, Ende der Durchsage. Papperlapapp, sagte Gerschon, die »Gulaschhütte« ist auch nicht mehr, was sie war, und er persönlich hätte nun einmal eine Schwäche für Käsepalatschinken, Kalorien oder nicht. Es wurde beschlossen, die Wahl des Lokals in Schwebe zu lassen und Zillas Heimkehr vom Yoga abzuwarten.

Bald darauf erfolgte ein Anruf von Frau Frankel. Die Frankels sind alte Bekannte von uns. Sie leben in Peru, befanden sich auf Kurzbesuch in Israel, waren soeben aus Jerusalem nach Tel Aviv gekommen und würden sich wahnsinnig freuen, wenn sie uns noch heute abend sehen könnten, morgen fliegen sie nach Peru zurück. Ich informierte sie, daß wir bereits eine Verabredung mit einem befreundeten Ehepaar hätten, zwei reizende Leute, die ihnen bestimmt gefallen würden. Na schön, dann sollen sie in Gottes Namen mitkommen, sagte Frau Frankel. Ich versprach ihr, im Hotel anzurufen, sobald wir von Gerschon und Zilla Nachricht bekämen. Kaum hatte ich den Hörer aufgelegt, verlieh mir die beste Ehefrau von allen den Titel eines Idiotenkönigs. Gerschon, so behauptete sie, würde den Frankels ganz und gar nicht gefallen, denn er benähme sich zu ausländischen Besuchern immer sehr schlecht, besonders zu peruanischen Juden.

Wie recht du doch hast, Liebling, sagte ich, daran hatte ich nicht gedacht, aber jetzt hilft nichts mehr. Andererseits brauchen wir uns nicht den Kopf zu zerbrechen, denn von Gerschon und Zilla läge ja noch keine Nachricht vor, und vielleicht sagen sie überhaupt ab.

Zu diesem Zweck rief ich Gerschon an, aber Zilla war noch immer nicht da, sie würde sich offenbar verspäten. Außerdem sei ein neues Problem aufgetaucht: Töchterchen Mirjam, der kleine Schwachkopf, hatte wieder einmal den Wohnungsschlüssel vergessen, und man müsse warten, bis sie nach Hause käme, mindestens bis halb acht.

Unter diesen Umständen schien es mir wenig sinnvoll, die Sache mit den Frankels zu erwähnen. Keine Eile. Es kann ja noch alles mögliche passieren. Man soll die Brükken hinter sich erst abbrechen, wenn man vor ihnen steht, sagt das Sprichwort. Oder so ähnlich.

Für alle Fälle begannen wir mit den Vorbereitungen für einen gemütlichen Abend. Die Studentin Tirsa, die bei uns gewöhnlich als Babysitter fungiert, war nicht zu Hause, aber ihr kleiner Bruder meinte, wir könnten sie bei Tamar, ihrer besten Freundin, telephonisch erreichen.

Daran hinderte uns zunächst ein Anruf von den Frankels; diesmal von ihm: ob uns neun Uhr in der Hotelhalle recht wäre? Gewiß, sagte ich, nur müßte ich das erst mit unseren Freunden abstimmen, ich rufe zurück.

Bei Gerschon antwortete Zilla, fröhlich und yogagestärkt und ganz Ohr für meine Mitteilung, daß wir Besuch von Freunden aus Peru hätten, reizende Leute, sie warten in der Halle ihres Hotels und würden ihr bestimmt gefallen, oder vielleicht möchte sie lieber ein anderes Mal mit uns zusammenkommen?

Nein, warum, sagte Zilla, sie hätte nichts dagegen, unsere Freunde zu sehen, Gerschons Einverständnis vorausgesetzt, er sei gerade mit dem Hund draußen, in ein paar Minuten käme er zurück und würde uns Bescheid geben. Aber warum in der Hotelhalle? Hotelhallen sind kalt und ungemütlich. Warum nicht im Café Tutzi? Ausgeschlossen, sagte ich, dort hatte ich Krach mit der schielenden Kellnerin, schüttet mir Zwiebelsuppe über die Hosen und entschuldigt sich nicht einmal, warten wir lieber auf Gerschon und verständigen wir uns dann über einen anderen Treffpunkt.

Jetzt konnte meine Frau endlich bei Tamar anrufen, aber Tirsa war schon weggegangen. Sie würde sich vielleicht noch einmal bei ihr melden, sagte Tamar, und wir sollten später nachfragen.

Als nächstes kam der fällige Anruf von Gerschon: Zilla hätte ihm von den Peruanern erzählt, und was mir denn einfiele, als ob ich nicht wüßte, daß er gegen Touristen allergisch sei. Ich beruhigte ihn, die Frankels wären keine gewöhnlichen Touristen und vor allem keine gebürtigen Peruaner, es handelt sich um zwei reizende Leute, die ihm bestimmt gefallen würden, und wir sind jetzt alle um neun Uhr in der Hotelhalle verabredet. Also gut, sagte

Gerschon, hoffentlich käme seine schwachsinnige Tochter bis dahin nach Hause.

Dann rief Tamar an, Tirsa hätte sie angerufen und käme zu uns Babysitten, allerdings nicht vor 9 Uhr 45, sie wäre soeben dabei, sich die Haare zu waschen, und da sie, Tamar, jetzt eine Verabredung hätte und wegginge, müßten wir uns sofort entscheiden, ob wir mit 9 Uhr 45 einverstanden wären, ja oder nein.

Ich bat sie, zwei Minuten zu warten, und rief Gerschon an, um die Verschiebung mit ihm zu klären. Glücklicherweise hatte sich das Problem mit seiner Tochter Mirjam inzwischen erledigt, sie war mit Juki, ihrem Freund, ins Kino gegangen und würde Gerschons Berechnung zufolge nicht länger als bis 9 Uhr 30 fortbleiben, also spräche nichts gegen 9 Uhr 45.

Schon wollte ich den Hörer auflegen, als ich aus Gerschons Hintergrund die Stimme Zillas hörte, das wäre doch blödsinnig, sich quer durch die halbe Stadt zu schleppen, und warum treffen wir uns nicht in irgendeinem Espresso irgendwo in der Nähe.

Daraufhin ertönte aus meinem eigenen Hintergrund die Stimme der besten Ehefrau von allen, sie denke nicht daran, den Abend in einem schäbigen Espresso zu verbringen, sie nicht, vielleicht Zilla, aber sie nicht.

Wir ließen die Frage offen, und ich legte den Hörer auf.

Gleich danach nahm ich ihn wieder ab, es war Frau Frankel, um unser gemütliches Treffen auf 10 Uhr 15 zu verschieben. In Ordnung, sagte ich, 10 Uhr 15 ist eine angenehme Zeit, aber wir haben Freunde aus Peru zu Besuch, reizende Leute, die wir in ihrer Hotelhalle treffen sollen. Das trifft sich gut, sagte Frau Frankel, sie selbst und ihr Mann wären unsere Freunde aus Peru, und dann hätten also alle Beteiligten den neuen Zeitpunkt akzeptiert. Den Zeitpunkt schon, sagte ich, aber als Treffpunkt lehnte Zilla einen Espresso ganz entschieden ab. Frau Frankel reagierte überraschend sauer, wieso Espresso, was soll das, wenn sie und ihr Mann eigens nach Tel Aviv kämen, um uns zu sehen, könnten wir uns wirklich etwas Besseres aussuchen als einen schäbigen Espresso. Richtig, sagte ich, das stimmt, und sie sollte mir nur noch ein wenig Zeit für eine Rückfrage bei meinen Freunden geben.

Ich rief sofort bei Tamar an, um Tirsas 9 Uhr 45 zu bestätigen, aber Tamar war bereits von ihrem Freund abgeholt worden und hatte bei der Hausfrau lediglich eine Telephonnummer zurückgelassen, wo ich Tirsa nach 10 Uhr erreichen könnte.

Dann war Herr Frankel am Telephon und wollte wissen, warum das alles so lange dauert, und da seine Stimme nun schon recht ungehalten klang, schlug ich ihm vor, den gordischen Knoten einzufädeln und sich direkt bei Gerschon nach Mirjam und Juki zu erkundigen, ich würde unterdessen alles mit Tirsa regeln, und wir könnten uns anschließend in einem Kaffeehaus auf der Dizengoffstraße oder vielleicht anderswo gemütlich zusammensetzen.

Meine Versuche, Tirsa zu erreichen, blieben erfolglos, weil die Nummer, die Tamar für mich hinterlassen hatte, immer besetzt war, aber dafür erreichte mich Zilla: sie hätte ein langes Telephongespräch mit Herrn Frankel gehabt und fände ihn sehr sympathisch, spätestens um halb elf, wenn die Kinder nach Hause kämen, könnten sie und Gerschon weggehen. Ins Café Metropol, rief Gerschon dazwischen. Das Café Metropol schließt um elf, sagte ich. Das glaube sie nicht, sagte Zilla. Aber sie würde für alle Fälle dort anrufen und uns das Ergebnis mitteilen.

Als nächstes hörten wir von Frau Frankel: ihr Taxi wartete schon seit einer Viertelstunde, und sie hätte vergessen, wo sie uns und das Ehepaar Zilla treffen sollte. Nein, sagte ich, nicht Zilla, sondern Juki, im Café Metropol, falls es noch offen wäre, und sie täte am besten,

Tirsa danach zu fragen, die Nummer liegt bei Mirjams Hausfrau.

Was weiter geschah, weiß ich nicht mehr genau. Ich glaube, daß Gerschon gegen halb zwölf aus dem Kino zurückkam und warten mußte, bis Tamar den Hund gewaschen hatte, während ihr Freund und Frau Frankel ins »Metropol« fuhren, aber da es dort nichts mehr zu essen gab, landeten sie schließlich im Café Tutzi bei einem Gulasch, das die schielende Kellnerin über Jukis Hosen schüttete.

Wir selbst, die beste Ehefrau von allen und ich, blieben zu Hause, stellten das Telephon ab und fielen in unsere Betten. Dann kam unser Babysitter. Was mich betrifft, so können sich sämtliche peruanischen Yogakursteilnehmer am nächsten Laternenpfahl gemütlich aufhängen.

Aus absolut sicherer Quelle

Freunde erwählt man, nahe Verwandte kann man entfernen, aber Nachbarn bleiben Nachbarn. So konnte ich es nicht verhindern, daß Manfred Stockler vor Sonnenaufgang an meine Tür klopfte. Ich muß, obwohl das nicht besonders rühmenswert ist, vorausschicken, daß ich in den frühen Morgenstunden, während die übrige Bevölkerung sich in den Produktionsprozeß unseres emsigen Landes einschaltet, gerade noch die Energie aufbringe, mich von einer Seite auf die andere zu wälzen und weiterzuschnarchen. Man wird somit ermessen können, welchen Schock es für mein labiles Innenleben bedeutete, als ich eines Nachts um sieben Uhr durch wildes, hemmungsloses Klopfen an der Türe aus meinem Schlafe geschreckt wurde. Ich tastete mich hinaus, da die beste Ehefrau von allen, wie beschrieben, alarmsicheres Ohropax in den Ohren hatte. Aber da hatte Manfred die Türe bereits aufgebrochen und stand im Pyjama vor mir.

»Weißt du schon?« fragte er atemlos.

»Nein«, antwortete ich mit halbgeschlossenen Augen. »Ich will schlafen.« Damit wandte ich mich ab und schlug, vor Müdigkeit torkelnd, den Weg zum ehelichen Schlafzimmer ein.

Mein Nachbar hielt mich an der Hose fest.

»Mensch!« keuchte er. »Das Histadruthhaus ist in die Luft gegangen! Eine Katastrophe!«

(Das Histadruth- oder Gewerkschaftshaus, im Volksmund auch »Kreml« genannt, ist ein pompöses Gebäude, das alles enthält, wovon ein Bürokrat nur irgend träumen kann.)

»Wie gut müssen wir geschlafen haben, wenn uns nicht mal diese Explosion geweckt hat«, brummte ich gähnend.

»Auch ich habe nichts gehört«, gestand Manfred.

»Aber Guggelmann sagt, daß ihm davon beinahe das Trommelfell geplatzt wäre. Er war schon um fünf bei mir und ist dann zu den Nachbarhäusern weitergelaufen. Ich habe es übernommen, eure Gegend zu benachrichtigen, damit keine Panik entsteht. Guggelmann ist überzeugt, daß das Haus von Terroristen gesprengt wurde. Über den Ruinen liegen dicke Rauchschwaden. Manchmal sieht man noch kleine Stichflammen in die Höhe schießen.«

Es erschütterte mich, mir das einstmals so stolze Gebäude als rauchenden Trümmerhaufen vorstellen zu müssen. Doch fiel mir gleichzeitig auf, daß mein Freund Manfred von der Wirkung seiner Nachricht so stolzgebläht war, als hätte ihm sein Chef auf die Schulter geklopft. Darüber ärgerte ich mich sehr. Ich habe für die Histadruth als solche nicht viel übrig, weil ihre Funktionäre immer stundenlang reden, ohne daß man nachher wüßte, was sie gesagt haben – aber das ist noch lange kein Grund, über die Zerstörung des Gewerkschaftshauses vor Freude zu strahlen.

»Sag einmal, Manfred – was macht dich eigentlich so glücklich?« fragte ich unwirsch. »Wozu soll es gut sein, daß dieses Haus in die Luft gegangen ist?«

Manfred sah mich verächtlich an.

»In den Blocks, in denen ich bisher war, hat mir kein Mensch eine so blöde Frage gestellt. Ich bin durchaus nicht glücklich. Ich bin nur nicht so borniert wie du. Als altes Mitglied der Histadruth sage ich dir: es ist ganz gut, wenn wir von Zeit zu Zeit merken, daß es in diesem Land auch noch andere Kräfte gibt ... Um das Haus ist es allerdings schade, das stimmt. Eine Katastrophe.«

Mittlerweile war ich so rettungslos wach geworden, daß ich die Fensterläden öffnete und in die Welt hinausblinzelte. Der neue Tag zog strahlend auf. Vom Mittelmeer wehte eine kühle Brise. Die Wäsche der Familie Kalaniot von nebenan trocknete auf unserem Rasen. Zwei junge Hunde jagten einander im Kreis. Von der

Stadtmitte her grüßte das imposante Gebäude der Histadruth. Gerade kam ein Zeitungsjunge auf seinem Fahrrad vorüber, verspätet wie immer.

»Verzeih, wenn ich störe – aber die Explosion des Histadruthhauses scheint sich erst im Stadium der Planung zu befinden. Das Haus steht noch.«

Manfred versuchte mit seinen Pantoffeln verschiedene ellipsoide Figuren auf den Teppich zu zeichnen und sah mich nicht an.

»Das Haus ist vollkommen unbeschädigt«, sagte ich mit Nachdruck. »Hast du gehört?«

»Natürlich hab ich gehört. Ich bin ja nicht taub.«

»Willst du es dir nicht anschauen?«

»Nein. Das hat keinen Zweck. Es ist ja heute nacht in die Luft gesprengt worden. Eine Katastrophe.«

»Aber du kannst es doch hier vom Fenster mit deinen eigenen Augen sehen!«

»Genug!« brauste Manfred auf. »Du bist wirklich störrisch wie ein Maulesel! Nimm gefälligst zur Kenntnis, daß ich meine Information aus absolut sicherer Quelle habe!« Er warf mir noch ein paar wütende Blicke zu, aber dann schien sich sein Zorn zu legen und freundschaftlichem Mitleid zu weichen. »Na, mach dir nichts draus, mein Alter. Kopf hoch. Man muß auch solche Schicksalsschläge ertragen können. Weiß Gott, wer ein Interesse an dieser Explosion hatte ... eine Katastrophe ... Rauchwolken ... Stichflammen ...«

Die Wolke, die mich jetzt umfing, war nicht rauchig, sondern rot, blutig rot.

»Zum Teufel!« brüllte ich. »Was stehst du da und erzählst mir Märchen, wo du doch nur ein paar Schritte zum Fenster machen mußt, um dich selbst zu überzeugen –«

»Ich brauche mich nicht zu überzeugen. Guggelmanns Wort genügt mir.«

»Und wenn Guggelmann hundertmal sagt, daß –«

»Einen Augenblick!« Empört fiel mir Manfred ins Wort. »Willst du damit vielleicht andeuten, daß Guggelmann ein Lügner ist? Ausgezeichnet. Ich werde mir erlauben, ihm das mitzuteilen. Du kannst dich auf etwas gefaßt machen!«

»Wer – was – wieso? Wer ist dieser Guggelmann überhaupt?!«

»Also bitte. Da haben wir's. Er weiß nicht einmal, wer Guggelmann ist – aber er nennt ihn vor der ganzen Welt einen Lügner. Gehst du da nicht ein wenig zu weit?«

Ich sackte zusammen und brach in Tränen aus. Manfred strich mir teilnahmsvoll übers Haar.

»Falls du Wert darauf legst«, sagte er begütigend, »kann ich dir Augenzeugen bringen, die mit ihren eigenen Ohren gehört haben, wie Guggelmann gesagt hat, daß vom ganzen Histadruthgebäude nur ein paar Stichflammen übriggeblieben sind. Eine Katastrophe.«

»Aber hier – von diesem Fenster –«, wimmerte ich.

»Auch das Radio hat es verlautbart, wenn dich das beruhigt.«

»Welches Radio?«

»Guggelmanns Radio. Das neueste auf dem Markt. Mindestens neun Röhren.«

Ein paar wahnwitzige Sekunden lang war ich drauf und dran, ihm zu glauben. Das menschliche Auge kann irren, aber Guggelmann bleibt Guggelmann ... Dann warf ich mich mit heiserem Röcheln auf Manfred Stockler und zerrte ihn ans Fenster:

»Da – schau!! Schauen sollst du!! Hinausschauen!!«

»Wozu?« Manfred schloß die Augen und krümmte sich in meinem eisernen Griff. »Wenn ich zum Fenster hinausschauen wollte, könnte ich ja zu meinem eigenen Fenster hinausschauen. Aber Guggelmann hat gesagt –«

»Schau – schau hinaus – schau – schau hinaus –« (ich hatte mich in seinen Haaren festgekrallt und schlug seine Stirn im Takt gegen den Fensterrahmen) »– schau hinaus und sag mir, ob sie das Haus in die Luft gesprengt haben oder nicht. Ob das Haus dasteht oder nicht.«

»Jetzt steht es da«, sagte Manfred.

»Was heißt das – jetzt?«

»Es wurde heute nacht in die Luft gesprengt und am Morgen wieder aufgebaut.«

Schlaff sanken meine Arme nieder. Manfred entwand sich mir unter häßlichen Flüchen und eilte in den klaren Morgen hinaus, um die noch nicht informierten Nachbarn über die Katastrophe zu informieren. Ich schleppte mich mühsam ins Bett neben die friedlich schlummernde beste Ehefrau von allen zurück, schloß die Augen und verfiel in einen krampfigen, ungesunden Schlaf, der auch pünktlich einen Alptraum mit sich brachte: sämtliche Atombombenvorräte sämtlicher Großmächte waren durch einen Irrtum gleichzeitig explodiert und die ganze Welt lag in Trümmern. Nur das Histadruthgebäude stand unversehrt da.

Übrigens bin ich keineswegs sicher, ob so etwas nicht wirklich passieren kann. Ich muß Guggelmann fragen.

Nachtwache, nicht von Rembrandt

Am Anfang war ein Rundschreiben, gezeichnet von Dr. Wechsler und folgenden Inhalts:

»Alle Männer in unserem Häuserblock haben sich bereits freiwillig zum Nachtdienst gemeldet. Was ist mit Ihnen?«

Dann kam das gleiche Zirkular noch einmal.

Dann kam die beste Ehefrau von allen:

»Was werden die Nachbarn sagen? Du mußt dich zum freiwilligen Zivilschutz melden.«

Ich rief Wechsler an.

»Hallo«, sagte ich. »Wegen dieser Sache mit dem –«

»Sie sind heute um drei Uhr dran«, antwortete Wechsler. »Um drei Uhr nachts. Oder um drei Uhr früh. Ganz wie Sie wollen. Um drei.«

Meine Vereidigungszeremonie verlief äußerst feierlich. Als ich im Hauptquartier ankam – es war im Werkzeugschuppen unserer Volksschule untergebracht –, fand ich auf dem Tisch ein beinahe neues Notizbuch sowie zwei Flinten aus der Zeit der Französischen Revolution; daneben, zusammengekauert vor sich hin dösend, einen Zivilschützer, der soeben seine Wache beendet hatte. Er übergab mir das Kommando und murmelte mit schlaftrunkener Stimme: »Immer um den Häuserblock herumgehen ... und wenn du fertig bist, laß alles auf dem Tisch liegen ... gute Nacht ...«

Hierauf stieß er zwei undeutliche Flüche aus, den einen gegen Arafat, den anderen gegen unsere Regierung, und döste weiter.

Die Sache war die, daß unsere Dienstzeiten viel zu lange dauerten, nämlich vier volle Stunden. Und das taten sie deshalb, weil sich außer mir noch niemand freiwillig gemeldet hatte. Ich fragte nach Wechsler und erfuhr, daß er schlief. In seinem Bett. Er hätte das Intervall von 3 bis 7 übernehmen sollen, aber er schlief, und jetzt fiele es mir zu, gemeinsam mit Isachar. Damit händigte mir Kamerad Halbschlaf die Flinte ein. »Sie hat zwei Magazine«, grunzte er. »Der Ingenieur auf Nummer 8 weiß, wie man das Zeug bedient, der Lange mit der Glatze, laß mich schlafen.« Kurz darauf erschien Isachar. Ich warf noch rasch einen Blick in das Logbuch. Die letzte Eintragung lautete: »Stellte um 01.35 einen Verdächtigen. Er behauptete, auf Nummer 14 zu wohnen. Wurde nachgeprüft. Wohnt auf Nummer 14. Das ist alles, glaube ich. Schluß.«

Wir begannen unsere Wache. Isachar hatte seine Französische Revolution geschultert, ich trug die meine in der Hand. Sie besaß einen kräftig ausladenden Kolben, und wer damit eins über den Kopf bekam, war nicht zu beneiden.

»Gehen wir ein wenig«, schlug Isachar vor. »Es regnet nicht.«

Wir fielen in Marschtritt, um militärischer zu wirken. Die Patronen in meiner Tasche zogen meine Hosen hinab und ließen meine Moral steigen. Achtung, hier kommen wir, links-rechts, links-rechts, schlaft ruhig, Nachbarn, wir schützen euch.

Das einzige, was meine patriotische Hochstimmung ein wenig trübte, war die Monotonie des Unternehmens. Die trostlose Eintönigkeit. Wie lange kann man denn als erwachsener Ehemann um einen Häuserblock herummarschieren, herum und wieder herum, und wenn's vorbei ist, nochmals herum?

»Dauert's noch lange?« fragte ich nach einer Stunde des Rumstapfens meinen Waffengefährten. Er warf einen Blick auf seine Armbanduhr:

»Noch drei Stunden und vierundfünfzig Minuten.«

Wir waren also erst sechs Minuten auf Wache. Merkwürdig. Ich hatte den Eindruck, daß wir uns schon dem Ende näherten. So kann man sich täuschen.

Isachar teilte mir mit, daß er um sechs Uhr aufstehen müsse. Eine dringende Arbeit in Sichron. Er ist in der chemischen Isolierungsbranche tätig. Das heißt, er stopft Mauerlöcher, damit's nicht hineinregnet.

»Es gibt jetzt eine Menge neuer Präparate«, belehrte er mich. »Wir verwenden keinen Kitt mehr, sondern eine großartige neue Flüssigkeit. Polygum. Auf Polyesterbasis. Wirklich hervorragend. Klebt nicht an der Kelle und trocknet in zwei Tagen. Wenn's nicht regnet.«

Ich hing an seinen Lippen und warf von Zeit zu Zeit eine fachmännische Frage dazwischen, zum Beispiel über die Widerstandskraft von Polybumsti oder wie das heißt. Man kann ja nicht stundenlang mit einem Menschen umhermarschieren, ohne ein Wort zu äußern.

»Es stimmt, die Belgier haben ein Isolationsmaterial auf den Markt gebracht, das keine Luftblasen macht«, gestand Isachar. »Aber das taugt meiner Meinung nach nur für undicht gewordene Grundmauern, die keiner direkten Feuchtigkeit ausgesetzt sind. Wenn's um große, luftige Räumlichkeiten geht, käme es für mich nicht in Frage. Nicht für mich!«

Es war ihm anzusehen, daß man ihm ein Vermögen bieten könnte – und er würde dieses belgische Zeug nicht anrühren. Er ist ein Fachmann, er muß auf seinen Ruf bedacht sein, er ist ein Fels in der Isolierbrandung. Glücklich der Mann, den Isachar isoliert! Was mich betrifft, so wurde ich mit der Zeit ein wenig nervös. Ich interessiere mich sehr für alles Chemische, aber nicht die ganze Nacht hindurch. Verstohlen blickte ich nach meiner Uhr: 40 Minuten vergangen. Also noch 3 Stunden und 20 Minuten gründlicher Isolierung.

»Dubček« – ich versuchte dem Gespräch eine scharfe Wendung zu geben – »Dubček wollte protestieren, als die Russen damals in die Tschechoslowakei einmarschierten, du erinnerst dich ...«

Mir schwebte ein Themawechsel zum Politisch-Historischen vor. Allmählich hoffte ich bis zu Stalin zu gelangen. Die Tschechoslowakei schien mir ein guter Ausgangspunkt zu sein.

Isachar ging bereitwillig darauf ein:

»Ganz in der Nähe von hier wohnt ein tschechisches Ehepaar. Vorige Woche habe ich ihnen das Dach repariert. Mit einem Spezial-Silikonmantel auf Polyesterbasis.«

Verzweifelt hielt ich nach irgend etwas Ausschau, was für Zivilschutz geeignet gewesen wäre, aber die Gegend war niederschmetternd friedlich. Isachar fuhr fort, mir von seinen glorreichen Isolationsmanövern zu erzählen. Es gab im weiten Umkreis nichts, was er nicht zugestopft hätte, ausgenommen seinen Mund. Ich versuchte es nochmals mit dem Dubček-Gambit, aber nach zwei Zugwechseln waren wir wieder auf der Polyesterbasis. Meine Uhr zeigte 4 Uhr 15, und die Sonne wollte nicht aufgehen. Schon um mich wachzuhalten, stellte ich immer weitere Fragen, und Isachar erteilte mir immer weitere Auskünfte.

»Einmal«, so berichtete er um 5 Uhr 20, »hat mir Schechter eine Gallone Plastikzement verkauft. Auf halbem Weg nach Rischon schaue ich nach – und was muß ich sehen? Das Zeug ist hart wie Granit. So etwas kann mir mit amerikanischem Polyester nicht passieren. Aber wie willst du feststellen, ob die Flüssigkeit, die du kaufst, aus Amerika kommt? In einem neutralen Behälter? Wie willst du das feststellen?«

Ich wollte gar nichts feststellen, schon längst nicht mehr. Wenn zwei Eheleute eines Tages entdecken, daß sie nicht zueinander passen, lassen sie sich scheiden. Auch alte Geschäftspartner gehen gelegentlich auseinander. Nur ein Zivilschützer wie ich bleibt hoffnungslos einzementiert. Und es fehlten noch anderthalb Stunden.

»Halt!«

Ich stellte eine verdächtige Katze und verjagte sie aus

unserem Rayon. Dann lehnte ich mich erschöpft an die Hausmauer ...

Ich muß stehend eingeschlafen sein. Isachar klopfte mir auf die Schulter, um mich zur Fortsetzung unserer Marschtätigkeit aufzufordern. Aber er schwieg. Offenbar hatte ich meine fällige Gegenfrage versäumt.

»Und was«, fragte ich, »wenn das Zeug nicht rechtzeitig trocknet?«

Es war einer der größten Fehler meines Lebens. Isachar kam mit der Beantwortung meiner Frage bis 6 Uhr 15 aus. Ich betete zu Gott, er möge uns ein paar Terroristen über den Weg schicken, damit ich endlich etwas anderes zu tun bekäme, als dieses entsetzliche Isoliergewäsch über mich ergehen zu lassen.

»Und was das beste ist«, fuhr Isachar erbarmungslos fort, »als Schechter mir das nächste Mal so einen Kanister andrehen wollte –«

An dieser Stelle geschah es. Nach den Berichten von Augenzeugen, die auf die Straße gestürzt kamen, begann ich wild in die Luft zu schießen und brüllte jedem, der sich mir näherte, allerlei unverständliche Befehle zu, wie: »Polyester in Deckung!«, »Zement – Feuer!« und dergleichen mehr. Man konnte mich nur mit Mühe beruhigen.

Übrigens erfuhr ich, daß ich nicht das erste Zivilschutzopfer war. Schon vor mir hatte ein Zivilschützer, nach vierstündigem Wachtdienst mit einem Installateur, durch Gewehrsalven größeren Sachschaden an den Fensterscheiben der umliegenden Häuser verursacht.

Um sieben Uhr früh deponierten wir unsere Ausrüstung im Hauptquartier. Isachar entkam nach Hause und wollte, wie Wechsler mich ein paar Tage danach wissen ließ, nie wieder mit mir zusammen Wache schieben. Ich hätte ihn, so sagte er, mit meinen Fragen zu Tode gelangweilt.

Wer die Durchwahl hat, hat die Qual

Der Fortschritt der Technik läßt sich nicht aufhalten: selbst von Israel kann man nach allen überseeischen Ländern durchwählen. Allerdings wächst seit dem ersten Direktgespräch unter unseren lieben Nachbarn die Anzahl der Konkurse.

Beim erstenmal ist es ja noch ein Spaß. In der Abenddämmerung, wenn die Schafherden heimwärts ziehen und im Fernsehen arabisch gesprochen wird, überkommt den gelangweilten Ehemann das dringende Verlangen, direkt mit Tante Frieda in Los Angeles zu sprechen. Du begibst dich an die Drehscheibe, drehst so lange, bis du die Nummer 001213957342189 zu Ende gedreht hast, hältst den Hörer ans Ohr und freust dich des summenden Geräusches, das ihn erfüllt. Es wird von einem kurzen »Klick« abgelöst, dem ein Klingelsignal folgt – und dann, wahrhaftig, hebt jemand in einer Entfernung von 12000 km den Hörer ab.

»Tante Frieda?« fragst du atemlos.

»Nein«, antwortet eine männliche Stimme.

»Ist dort 001213957342189?«

»Hier ist sechs Uhr früh, Sie Idiot.«

Immerhin – es war eine direkte Verbindung mit Kalifornien, und das darf man sich getrost die 14 Pfund pro Sekunde kosten lassen, die das Tarifbulletin des Verkehrsministeriums angibt. Wie aus dieser lehrreichen Publikation des weiteren hervorgeht, vermerkt das Telephonamt bei internationalen Ferngesprächen weder Ort noch Zeit des Anrufs. Von einem automatischen Zähler registriert, wird die Gebühr ohne nähere Angaben in die Monatsrechnung des Teilnehmers einbezogen.

Der Umstand, daß seine Anonymität gewahrt bleibt, regt den interessierten Ehemann zu einer interessanten

Überlegung an, mit der er sich wie folgt an die beste Ehefrau von allen wendet:»Ich habe Lust, Kamtschatka anzurufen. Wie wär's – und wir besuchen heute abend die Seeligs?«

Der Rest ist ein Kinderspiel. Um 22 Uhr 30 – für Kamtschatkianer eine frühe Nachmittagsstunde – erhebt man sich aus dem Fauteuil in Seeligs gastlichem Wohnzimmer, wirft einen besorgten Blick auf die Armbanduhr und murmelt *sotto,* aber doch *voce:*

»Entschuldigt mich einen Augenblick – ich habe den Kindern versprochen, sie anzurufen ...«

»Aber bitte«, sagte Erna Seelig. »Das Telephon steht im Schlafzimmer.«

Besser könnte man's gar nicht treffen. Man läßt sich behaglich auf die weiche Schlafstatt des Hausherrn nieder und hat alsbald die Verbindung mit Lajos Friedländer hergestellt, einem ehemaligen Mitschüler, der jetzt als erfolgreicher Rechtsanwalt in Kamtschatka lebt. Nach einem Viertelstündchen erinnerungsträchtigen Geplauders kehrt man ins Wohnzimmer zurück und verkündet zufrieden, daß zu Hause alles in Ordnung ist.

So weit, so gut.

Einige Zeit danach bekommt Felix Seelig seine monatliche Telephonrechnung und stellt befremdet fest, daß sie um 1800% über der vorangegangenen liegt. Bei einer zufälligen Begegnung im Stiegenhaus wirft er mir einen stummen, vorwurfsvollen Blick zu, den ich jedoch ignoriere. Er kann mir ja nichts beweisen, oder?

Tags darauf nimmt die Sachlage eine unerfreuliche Wendung: unsere eigene Telephonrechnung ist auf die erschreckende Summe von mehr als 2000 Pfund gestiegen, obwohl ich seit dem abortiven Versuch mit Tante Frieda von meinem Telephon kein wie immer geartetes Ferngespräch geführt habe. Zweifellos hat da jemand in der schäbigsten Weise unsere Gastfreundschaft mißbraucht. Aber wer?

»Einen Augenblick.« Die beste Ehefrau von allen legt die Stirne in nachdenkliche Falten. »Vorige Woche hatten wir die Picklers zu Besuch. Erinnerst du dich, wie Akiba Pickler mit seiner Schwester telephonieren wollte? Ja? Aber weißt du auch, daß er italienisch gesprochen hat?« Meiner Meinung nach war es nicht Akiba Pickler. Es war unser Nachbar Felix Seelig, der sich an uns gerächt hat. Er kam eines Abends zu uns herüber und bat um Erlaubnis, unser Telephon zu benützen – seines, so behauptete er, sei gestört.

Zur Liste der Verdächtigen gehört auch der Mann von der Kühlschrankfirma, der zum Zweck einer angeblich fälligen Kontrolle erschien und dann die Zentrale anrief, die sich möglicherweise in Philadelphia befand.

Diese Beispiele menschlicher Niedertracht erschütterten mich so sehr, daß ich einen Besuch im Hause des Ehepaar Spiegel benützte, um mit meinen in aller Welt verstreuten Familienangehörigen Fühlung zu nehmen. Als ich gerade mit einer weitläufig Verwandten in Buenos Aires sprach, mußte ich ein plötzliches Absinken der Tonqualität feststellen, woraus ich schloß, daß Frau Spiegel, diese heimtückische Hexe, von ihrer Nebenstelle in der Küche mithörte. Ich wechselte blitzschnell zu Hebräisch, sagte: »Gut, dann werde ich den Wagen morgen abholen«, und legte auf. Mir kann man mit so billigen Tricks nicht beikommen.

Jedenfalls ist das israelische Volk seit Einführung des direkten Durchwahlsystems mit den Juden der ganzen Welt in innigerem Kontakt als je zuvor. Allerdings erfordern diese Gratisgespräche ein beträchtliches Ausmaß von Erfindungsgeist und Umsicht. Man darf beispielsweise nicht allzu laut sprechen, wenn man einen Babysitter anruft, der in New York wohnt. Auch sollte man Fremdsprachen nach Möglichkeit vermeiden. Im übrigen sind diese Gratisgespräche in Wahrheit gar nicht so gratis, weil man ja auf Umwegen doch wieder für sie bezahlt.

Aber damit die Dinge nicht ausarten, haben wir an unserer Wohnungstür eine kleine Tafel angebracht:

»Gestörtes Telephon. Bissiger Hund. Bitte lassen Sie Nachricht zurück. Wir besuchen Sie gerne.«

Frau Winternitz gegen Columbo

Die Situation ist die folgende:

Der gutaussehende Architekt hat zur Dämmerstunde den alten Mac O'Muck umgelegt, weil dieser sich skeptisch über den im Bau befindlichen Wolkenkratzer geäußert hatte, und Columbo ist bereits auf einer heißen Spur, denn ein Blick ins Drehbuch hat ihn überzeugt, daß der Schurke nichts so sehr liebt wie klassische Musik. Klar? Eben.

Der Fernsehschirm bebt vor innerer Spannung, ich selbst ertappe mich beim Nägelbeißen, die beste Ehefrau von allen leert schon die dritte Schale mit Erdnüssen, und der Hauptverdacht richtet sich gegen die blonde Witwe des Leichnams. Aber das kann man mir nicht erzählen, ich habe den Mord gesehen, den Mörder allerdings nicht, und wenn Columbo sich den Anschein gibt, als ob –

Rrrrr!

Irgendwo schrillt das Telephon, noch dazu außerhalb meiner Reichweite. Wer zum Teufel hat die Frechheit, mitten in einen Anschein Columbos hineinzuklingeln? Ich erhebe mich, stolpere im Dunkeln über zwei Stühle und nehme den Hörer ans Ohr, während meine Augen auf den Fernsehschirm geheftet bleiben:

»Ja«, sage ich.

»Hallo«, sagt am andern Ende die zaghafte Stimme einer unzweifelhaft alten Dame. »Ich störe Sie doch nicht?«

»Ja«, sage ich.

»Ich bin die Mutter von Gad.«

»Ja.«

»Gad Winternitz aus Naharia.«

Der gutaussehende Architekt macht sich über Columbo lustig. Kunststück. Sein Direktor hat ihm ja ein wasserdichtes Alibi verschafft. Jetzt probiert er's sogar mit der Blonden. Und dabei wird die ganze Stadt von der Frage bewegt, wo er die Leiche versteckt hat.

»Ja!« brülle ich ins Telephon. »Wo?«

»Bitte, ich muß Sie um eine große Gefälligkeit bitten. Mein verstorbener Mann pflegte zu sagen – wir haben damals noch in Bat Jam gewohnt – und da sagte er immer: wenn ich einmal einen Rat brauche, den Rat eines künstlerisch veranlagten Menschen, dann soll ich mich an Sie wenden, weil Sie doch diese Zeichnungen machen und Gads Freund sind, nicht wahr.«

Wer ist Gad? Wo ist die Leiche?

»Die Leute sagen«, fuhr Frau Winternitz fort, »daß Sie immer so viel zu tun haben und daß Sie nichts für andere Menschen tun. Aber ich habe ihnen immer widersprochen. Nein, sage ich immer, das stimmt nicht, wenn er kann, dann hilft er, auch wenn er noch so viel zu tun hat mit seinen Zeichnungen. Das habe ich immer gesagt. Hallo.«

»Hallo«, sage ich. »Wer spricht?«

»Die Mutter von Ihrem Freund Gad Winternitz. Hallo. Ich wollte Sie wirklich nicht stören, aber mein Schwager meint, daß wir jetzt doch ein wenig Druck ausüben sollten, sonst wissen Sie ja, was passiert. Sie kennen die Zustände in unserem Land, besonders die Regierung. Wenn mein Mann noch am Leben wäre, würde ich natürlich nie. Im Gegenteil. Nur, Sie verstehen, ganz allein mit der Hypothek, da spricht man natürlich zu einer Wand. Also bitte raten Sie mir, ob ich jetzt. Oder lieber noch warten?«

Ich könnte nicht schwören, daß sie sich wörtlich so ausgedrückt hat, aber so habe ich es gehört. Wie soll man denn wörtlich zuhören, wenn gerade das Haus des gutaussehenden Architekten durchsucht wird, der den alten Mac O'Muck umgelegt hat.

»Ja«, stöhne ich in die Muschel. »Hallo. Was wünschen Sie?«

»Ich möchte wissen, ob ich trotzdem unterschreiben soll.«

»Das hängt noch von jemand anderem ab.«

»Von wem, bitte?«

»Von dieser Blonden.«

»Hallo, hier Frau Winternitz. Die Mutter von Gad. Hallo.«

Dem Mörder ist klargeworden, daß der Film zu Ende geht, aber er bleibt hart. Solange die Leiche nicht gefunden ist, kann ihm Columbo nichts beweisen. Ich für meine Person habe den Verdacht, daß der Architekt den alten Mac O'Muck in die Mauer des Wolkenkratzers einzementiert hat.

»Hallo«, meldet sich Frau Winternitz aufs neue. »Was für ein Zement, bitte? Hallo!«

»Mit wem wollen Sie eigentlich sprechen?«

»Mit dem Herrn Zeichner von der Zeitung. Sind das nicht Sie?«

»Jawohl, ich bin Sie.«

»Dann sagen Sie mir, ob Sie glauben, daß ich jetzt unterschreiben soll!«

»Was glaubt Columbo?«

»Wer, bitte?«

»Ich meine: wer vertritt Sie in dieser Angelegenheit?«

»Doktor Gelbstein.«

Da haben wir's. Jetzt geht's drunter und drüber. Oder soll sich Columbo vielleicht bei Dr. Gelbstein erkundigen? Der Fehler muß gleich am Anfang passiert sein. Gleich als Frau Winternitz mich fragte, ob ich bereit bin, einem Mitmenschen zu helfen, hätte ich antworten müssen: niemals, unter keinen Umständen. Jetzt stehe ich da mit meinem weichen jüdischen Herzen. Und dort steht Columbo, der soeben Auftrag gegeben hat, die Mauer einzureißen und den Leichnam auszugraben. Natürlich lacht ihm Gelbstein ins Gesicht. Nein, nicht Gelbstein. Der Architekt.

»Wollen Sie mich nicht nach den Feiertagen anrufen? Dann bin ich gerne bereit –«

»Bitte nicht! Bitte jetzt gleich! Ich sagte Ihnen doch, daß er morgen verreist!«

»Wer?«

»Doktor Gelbstein.«

Vor meinen Augen entfaltet sich ein unerhörtes Drama, ein Mordfall allererster Klasse – und ich soll mich mit den Reiseplänen eines Herrn Gelbstein beschäftigen. Was geht er mich an? Ich hasse ihn. Er ist ein Verbrecher. Columbo wird es ihm schon beweisen. Wozu würde er sonst im Wagen des Architekten dahinsausen? Ich lege die quakende Telephonmuschel hin, das ist ja nicht auszuhalten. Meinetwegen kann Frau Winternitz mit dem Architekten verreisen, wohin sie will. Kein Zweifel, die Leiche liegt im Kofferraum. Ich wette jeden Betrag, daß Columbo –

»Hallo! Hallo! Hallo!« quakt es aus der Muschel.

»Ja? Wer spricht?«

»Frau Winternitz. Die Mutter von Gad. Hoffentlich störe ich Sie nicht. Mein seliger Mann ...«

In Indien werden die Witwen seliger Männer verbrannt. Oder wurden. Das waren Zeiten. Vorbei, vorbei. Genau wie Columbo im sausenden Auto. Und Gelbstein dicht hinter ihm, als Architekt verkleidet. Geht er ihm in die Falle?

Sie haben ihn! Vorne Columbo mit quergestelltem Kofferraum in der Leiche, von beiden Seiten die Polizei, und der Architekt mittendrin. Du hast dir das alles sehr schön ausgedacht, mein Junge, aber du hast nicht mit Gads Glasauge gerechnet. Das ist es ja, was ihn so menschlich macht.

»Dann glauben Sie also«, fragt Frau Winternitz, »daß Doktor Gelbstein verreisen kann?«

»Unbedingt.«

»Danke. Danke vielmals. Sie haben mir sehr geholfen. Verzeihen Sie die Störung.«

»Hauptsache, wir haben ihn.«

»Wen, bitte?«
»Den Architekten.«
»Ach so. Natürlich. Grüße von Gad.«
»Nicht der Rede wert.«
»Gute Nacht, Herr Kirschhorn.«
»Gute Nacht, Frau Columbo.«

Kettenreaktion

Es war ein kühler Sonntagabend, als wir die Spiegels besuchten und uns zwei Stunden lang so tödlich langweilten wie nie zuvor. Ich sage das ungern, denn die Spiegels, besonders Aurel, sind nette Leute und liebenswürdige Gastgeber. Aber irgendwie ging uns der Gesprächsstoff aus, und um zehn Uhr abends konnten wir unsere Augen nur noch mit Hilfe von Daumen und Zeigefinger offenhalten. Um halb elf schliefen auch meine Finger ein, und es wurde mir unweigerlich klar, daß wir sofort aufbrechen müßten, weil ich sonst nicht mehr die Kraft hätte, die beste Ehefrau von allen zu wecken. Unter Mobilisierung aller noch vorhandenen Energie erhob ich mich und teilte unseren Gastgebern mit, daß wir sie nunmehr verlassen würden.

»Nein, das dürfen Sie nicht!« In jähem Schreck fuhr Frau Spiegel aus ihrem Schlummer hoch. »Warum die Eile?«

»Es tut uns leid«, stammelte ich. »Trotzdem ... wir müssen jetzt unbedingt gehen ...weil ... nun ja ... ich habe eine wichtige geschäftliche Verabredung. Es tut mir wirklich leid.«

»Sei nicht ungemütlich«, sagte Aurel Spiegel. »Die Leute können warten.«

Es glückte mir, meiner Stimme einen halbwegs glaubhaften Unterton von Trauer beizumengen:

»Ich würde ja selbst viel lieber hierbleiben. Aber was hilft's. Und wenn wir uns nicht beeilen, versäumen wir noch den letzten Bus.«

»Wohin wollt ihr denn so spät?«

»Nach Petach Tikvah, siebzig Kilometer von hier. Dort habe ich nämlich meine Verabredung. Leider ...«

»Na schön.« Aurel resignierte. »Dann bringe ich euch also mit dem Wagen zur Haltestelle.«

»Nein, nein!« protestierte ich. »Bitte nein! Wir wollen euch keine Mühe machen.«

»Lächerlich«, sagte Aurel und hatte bereits den Mantel angezogen.

Als wir an der Haltestelle aus seinem Wagen stiegen, bedankten wir uns sehr herzlich, warteten noch ein paar Sekunden und machten uns dann zu Fuß auf den Weg nach Hause.

Wir hatten nicht mit Aurels goldenem Herzen gerechnet. Schon stoppte er den Wagen und kam herangelaufen:

»Wohin denn, ihr Kretins? Das ist ja gar nicht die Haltestelle für den Bus nach Petach Tikvah!«

Damit faßte er uns unter, der Gute, und führte uns zur richtigen Haltestelle, wo keine Menschenseele mehr zu sehen war. Aurel ließ sich die Mühe nicht verdrießen und studierte sorgfältig den schlecht beleuchteten Fahrplan. Ein Seufzen entrang sich seiner Kehle:

»Mein Gott, der letzte Bus ist vor fünf Minuten abgefahren. Das ist ja schrecklich. Jetzt versäumt ihr unseretwegen diese wichtige Verabredung!«

»Macht nichts«, begütigte ich. »So wichtig war sie gar nicht.«

»Doch, doch. Sonst hättest du ja nicht zum Aufbruch gedrängt. Weißt du was? Ich fahre euch in meinem Wagen hin.«

»Das erlaube ich nicht!« rief ich gepeinigt. »Auch Gastfreundschaft muß ihre Grenzen haben!«

»Kein Wort weiter«, entschied Aurel. »Ich könnte heute nacht nicht schlafen, wenn ich euch jetzt nicht sofort nach Petach Tikvah führe ...«

Und so fuhren wir los. Während der ganzen eineinhalb Stunden knieten die beste Ehefrau von allen und ich im Fond, die Augen starr auf die langsam entschwindenden Lichter von Tel Aviv gerichtet, schwarze Verzweiflung im Herzen.

Petach Tikvah lag in lieblichem Mondschein, als wir ankamen.

»Wohin genau?« fragte Aurel und unterdrückte ein Gähnen.

Mein Hirn begann fieberhaft zu arbeiten. Die einzige Adresse, die ich in Petach Tikvah kannte, war das Hotel Grienspan. Und auch das nur, weil dort einmal einer meiner Gläubiger gewohnt hatte. Ich wandte mich an Aurel: »Bitte laß uns beim Grienspan aussteigen.«

Endlich waren wir aus dem Wagen draußen, bedankten uns nochmals für Aurels überwältigende Güte und betraten das Hotel. Ein mißgelaunter Nachtportier empfing uns.

»Nur einen kleinen Augenblick«, sagte ich, indem ich ihm zuzwinkerte. »Wir gehen gleich wieder.«

Während wir noch dastanden und auf das Geräusch des abfahrenden Autos warteten, begann mein Eheweib plötzlich zu wanken:

»Er kommt zurück«, wimmerte sie.

Da setzte sich auch schon die Drehtür in Bewegung, Aurel trat ein, erklärte, daß ihn ein wenig fröstle, und verlangte eine Tasse Tee.

Der Portier wurde noch um einige Grade mißgelaunter: »Was ist hier los? Wen suchen Sie eigentlich?«

»Wer? Ich?«

»Ja, Sie.«

»Wenn Sie *mich* meinen – ich habe hier eine Verabredung mit einem gewissen ... also kurz und gut ... und den muß ich sofort sprechen.«

»Wie heißt er?«

»Was heißt das: wie heißt er? Ach ja ... richtig. Sie wollen seinen Namen wissen. Herschkowitz, wenn ich nicht irre. Tatsächlich. Ist Herr Herschkowitz schon angekommen?«

»Jawohl«, antwortete der Portier. »Er ist hier.«

»Bitte schauen Sie noch einmal nach«, sagte ich mit

erhobener Stimme. »Er *muß* hier sein. Ich habe eine Verabredung mit ihm.«

»Ich sage Ihnen ja, daß er hier ist. Auf Nummer 23.«

»Das ist wieder einmal echt Herschkowitz. Ich hätte geschworen, daß er nicht kommen würde.«

»Aber er *ist* gekommen«, röhrte der Portier. »Wie oft soll ich Ihnen noch sagen, daß er hier ist?!«

»*Wer* ist hier?«

»Herschkowitz. Auf Nummer 23. Ich werde ihn sofort rufen.« Und ehe ich es verhindern konnte, hatte er nach dem Telephon gegriffen: »Herr Herschkowitz? Entschuldigen Sie die Störung ... ich mußte Sie leider wecken ... jemand ist hier, der Sie dringend zu sprechen wünscht.« Er hielt die Muschel zu und wandte sich an mich: »Herschkowitz will wissen, um was es sich handelt.«

»Eine persönliche Angelegenheit«, antwortete ich. »Streng vertraulich.«

Als Herschkowitz die Stiege herunterkam, im Pyjama und mit halb geschlossenen Augen, hatte ich das Gefühl, daß mein Kragen mit einemmal um zwei Nummern zu klein wäre. Auf der Stirn meiner Ehegattin sammelten sich mit unglaublicher Schnelligkeit zahllose kleine Schweißperlen. Wir schielten beide nach der Tür. Nur Aurel saß da und schlürfte behaglich seinen Tee.

Herschkowitz trat mit unheilkündender Miene auf uns zu. Plötzlich aber, wie durch einen Zauberschlag, heiterte sein Gesicht sich auf.

»Hallo, alter Junge!« rief er strahlend zu Aurel hinüber. »Was machst denn du hier? Das ist aber eine frohe Überraschung!«

Für die nächsten Minuten waren die beiden Freunde damit beschäftigt, sich gegenseitig auf den Rücken zu schlagen, während wir unseren glasigen Blick auf die Tür geheftet hielten. Schließlich erfuhr Herschkowitz von Aurel, daß eigentlich wir es waren, die mit ihm sprechen wollten.

»Was wünschen Sie von mir?« fragte mich Herschkowitz mit freundlichem Lächeln.

»Tja – das ist nicht so einfach. Rauchen Sie?«

»Nein.«

»Ich auch nicht. Früher habe ich Pfeife geraucht, aber mein Arzt –«

»Was wünschen Sie von mir?«

»Also, Herr Herschkowitz – ich habe Interesse.«

»Interesse an was?«

»Sie wissen doch ...«

»An den Waschmaschinen?«

»Natürlich!« jauchzte ich auf. »An den Waschmaschinen.«

»Dann kann ich Ihre Eile verstehen«, sagte Herschkowitz. »Ich werde sofort Neumann in Chaderah anrufen.«

»Bitte nicht jetzt«, sagte ich flehend. »Es ist schon spät. Wir können ja morgen mit Neumann sprechen.«

»Sind Sie verrückt? Morgen fliegt Neumann nach Mailand!«

Damit begann er an der Wählscheibe zu drehen, entschuldigte sich bei dem offenkundig erzürnten Neumann, daß er ihn zu so später Stunde im Schlaf störe – aber der Mann aus Tel Aviv sei soeben angekommen, und vielleicht könnte man die Sache jetzt gleich unter Dach und Fach bringen.

Eine Minute später kam Herschkowitz an unseren Tisch und teilte uns mit, daß wir sofort nach Chaderah fahren müßten. Aurel würde sicherlich so freundlich sein, uns hinzubringen.

Aurel brachte uns hin. Neumann, allem Anschein nach ein cholerisches Temperament, ging sofort in medias res und informierte mich, daß dreißig Prozent der Aktien noch zu haben wären.

»Kaufen Sie – ja oder nein?«

»Ich ... kann ich mir das noch ein wenig überlegen?«

»Wie Sie wünschen.« Neumann stand auf. »Nur um

ganz sicher zu gehen, wollen wir jetzt noch Weingartner aufsuchen. Kommen Sie.«

»Ich brauche keinen Weingartner«, stieß ich heiser hervor. »Ich kaufe die Aktien.«

Nachher hatte ich noch alle möglichen Papiere zu unterzeichnen, aber das spielte sich bereits in einem rosafarbenen Nebel ab. Als es vorbei war, rüttelte ich die beste Ehefrau von allen wieder ins Bewußtsein zurück, und bei Morgengrauen waren wir in Tel Aviv. Auf dem Weg zu meinem Büro kaufte ich eine Zeitung. Balkendicke Lettern auf der Titelseite verkündeten, daß die »Neumann-Kishon Trust Company« in Chaderah die größte Waschmaschinenfabrik des Landes gegründet hatte. Die Gewerkschaft hatte zweiundvierzig Prozent der Anteile, Neumann achtundzwanzig Prozent, ich selbst dreißig Prozent. Die Fabrik, so hieß es, würde sofort die Produktion aufnehmen und den ganzen Mittleren Osten mit Waschmaschinen versorgen.

Diesmal war ich dran. Frau Spiegel hatte wieder einmal angerufen und uns zum Tee geladen. Nicht genug damit, ihr Mann hatte mir im Büro einen Zettel folgenden Inhalts hinterlassen:

»Sie müssen unbedingt kommen. Schragele ist aus dem Ferienlager zurück!«

Es hat wenig Zweck, es leugnen zu wollen: Wir waren verzweifelt. Nicht etwa, daß wir die Hilfsbereitschaft der Spiegels nicht schätzten, aber deswegen nun drei oder vier Stunden mit ihnen und einer Tasse Tee dazusitzen? Und auch noch mit Schragele?

Nein!

Also erklärte ich der besten Ehefrau von allen:

»Ich jedenfalls gehe nicht. Wenn es keinen anderen Ausweg gibt, um aus der Geschichte herauszukommen, dann gehst du eben allein hin und sagst, ich hätte ganz plötzlich die Asiatische Grippe bekommen ...«

Um es kurz zu machen, den Spiegels tat es leid, daß *ich* allein gekommen war, und sie wünschten *meiner Frau* gute Besserung. Dann setzten wir uns hin, sprachen über den drohenden Ausbruch des Dritten Weltkrieges und stopften ein Stück Schokoladentorte mit Sahne in uns hinein. Soweit war es also ganz nett.

Bis die Tür aufging und Schragele erschien.

»Schragele«, zischte Spiegel seinem Sohn zu, »hast du Schalom zu dem guten Onkel gesagt?«

»Nein«, antwortete Schragele klar und offen und wandte sich mir zu: »Onkel, geh mit einem Messer auf mich los.«

»Wie bitte?« Ich blickte etwas hilflos von Schragele zu seinem Erzeuger. »Was will der Knabe von mir?«

Die Mienen der Spiegels leuchteten auf in elterlichem Stolz.

»Tu, was er sagt«, bat Aurel Spiegel mich freudestrahlend. »Geh mit einem Messer auf ihn los.«

»Wie komme ich denn dazu?« protestierte ich. »Er hat mir schließlich nichts getan ...«

Geduldig erläuterte mir daraufhin Frau Spiegel, daß ihr Schragele im Ferienlager an einem Intensivkursus für Judo teilgenommen und dadurch die Fähigkeit erlangt hätte, jedweden Erwachsenen, der sich unvorsichtigerweise erdreiste, ihn anzugreifen, flach auf das Parkett zu befördern. Ich möge deswegen die Liebenswürdigkeit besitzen, etwas mehr Sinn für Kooperation zu zeigen.

Ich bemühte mich, dieser unangenehmen Situation zu entrinnen, indem ich auf den Umstand hinwies, in solchen Angelegenheiten auf so gut wie keine praktische Erfahrung zurückgreifen zu können. Ich gestand, daß ich mich nicht erinnern könnte, wann ich das letzte Mal ein Kind mit einem Messer attackiert hätte.

Meine Ausführungen fielen nicht auf fruchtbaren Boden. Aurel erhob sich schließlich und ließ deutlich erkennen, daß er nicht gewillt war, länger auf den Beginn der Demonstration zu warten. Er nahm das Messer von der Obstschale, drückte es mir in die Hand und schubste mich in Richtung Schragele.

Ohne zu zögern trat der Knabe mit derartiger Wucht gegen mein linkes Schienbein, daß ich mich vor Schmerz krümmte. Als mir klar wurde, daß er sich vorgenommen hatte, danach auch meinem rechten Schienbein diese Behandlung zukommen zu lassen, stürzte ich mich mit dem Gebrüll eines ernstlich verstimmten Löwen auf Schragele. Schragele seinerseits ließ einen panischen Schrei ertönen und flüchtete aus dem Zimmer.

Mit einem Ruck zog ich das inzwischen im Türrahmen steckende Obstmesser wieder heraus und lief ihm nach. Wollte er nun, daß der Onkel mit dem Messer auf ihn losging oder wollte er nicht?

Ich bekam Schragele am untersten Treppenabsatz kurz

vor der Haustür zu fassen, aber er wand sich heulend und jammernd aus meinem Griff, so daß mir nur sein Hemd in den Händen blieb. Ich zerfetzte es mit wenigen Schnitten.

Unterdessen waren die Spiegels meinem Amoklauf voll tödlichem Entsetzen gefolgt und schrien mich an, was ich denn da eigentlich mache?

»Ich gehe mit einem Messer auf ihn los«, antwortete ich keuchend. »Warum fragt ihr?«

Dann, das blitzende Obstmesser in der geballten Faust, jagte ich Schragele durch das gesamte Straßenviertel. Inwieweit dieses Ereignis für seine Charakterprägung und damit den späteren Lebenslauf von Bedeutung sein wird, muß die Zukunft zeigen.

Über die Situation nicht informierte Leute aus der Nachbarschaft umzingelten mich schließlich vor dem Friseurgeschäft, als ich gerade im Begriff stand, hinter Schragele her den Laternenpfahl zu erklimmen. Ich leistete nur unbedeutenden Widerstand.

Ich habe das dunkle Gefühl, daß wir von Spiegels nie wieder eingeladen werden. Judo ist schon etwas Schönes.

Gibt es einen typisch israelischen Humor?

Der Judokampf auf Leben und Tod mit Schragele war zweifellos ein einmaliges Vergnügen. Aber gute Nachbarschaft hat auch unangenehme Seiten, zum Beispiel moralische Verpflichtungen. Es ist sehr schwer, jemandem nein zu sagen, dessen Hund mit meinem persönlich befreundet ist.

Vor einigen Tagen besuchte mich unerwartet Manfred Stockler, der diesjährige Sekretär unseres Kultur- und Geselligkeitsklubs, und sprach zu mir wie folgt:

»Am nächsten Sonntag veranstalten wir in unserem Wohnviertel einen leichten Unterhaltungsabend. Wir würden uns freuen, dich als Vortragenden begrüßen zu können. Das Thema, über das du bei uns sprechen sollst, lautet: ›Gibt es einen typisch israelischen Humor, und wenn nein, warum nicht?‹«

»Meiner Meinung nach«, sagte ich abweisend, »soll ein Schriftsteller schreiben und nicht reden.«

»Du hast vollkommen recht. Trotzdem können wir dir nichts zahlen.«

»Für mich ist das keine Frage des Geldes.«

»Einverstanden. Beginn um 6 Uhr 30.«

Um 6 Uhr 20 fand ich mich im Klubhaus unserer Siedlung ein. Ohne zu prahlen: es herrschte ein solcher Andrang, daß die Veranstalter bereits das Gittertor geschlossen hatten, um die andrängenden Massen abzuwehren. Ich wollte mich durchzwängen und kam auch wirklich bis an das Tor heran, aber dann ging's nicht weiter. Ein eisernes Gittertor ist ein eisernes Gittertor, besonders wenn es von innen versperrt ist. Es blieb mir nichts übrig, als um das ganze Gebäude herumzugehen, bis zur Hinterfront. Dort gab es, wie ich wußte, noch einen Eingang, eine kleine Glastür. An der Innenseite dieser Tür hing eine Tafel mit der Ankündigung meines Vortrags. Ein paar optimistische junge Leute, der Stolz unseres Landes, umstanden die Tür, in der Hoffnung, vielleicht doch noch meinem Vortrag beiwohnen zu können. Vorläufig sahen sie nur die dichtgedrängten Zuschauerreihen im Innern des Saales und den in nervöser Erwartung auf und ab gehenden Stockler.

Ich klopfte an die Tür. Niemand öffnete. Ich klopfte kräftiger. Ein untersetzter Ordner näherte sich von innen, schob die Tafel ein wenig zur Seite und machte das international gebräuchliche Zeichen für »Schert euch zum Teufel!« Ich zeigte mit ausdrucksvoller Gebärde auf mich selbst und gab mich als Vortragenden zu erkennen. Die nicht minder ausdrucksvolle Gebärde des Ordners deutete an, daß er willens sei, mir alle Knochen im Leib zu brechen. Die optimistischen jungen Menschen ringsum verhöhnten mich, weil ich es mit einem so alten Trick versucht hatte und nicht durchgekommen war. Ich begann aufs neue an die Tür zu klopfen, diesmal mit beiden Fäusten. Nach einiger Zeit nahm ich noch die Füße zu Hilfe. Tatsächlich öffnete sich die Tür, wenn auch nur spaltbreit, und der Ober-Ordner schlug mir mit einem Besenstiel über den Kopf.

»Ausverkauft!« brüllte er. »Verschwinde!«

Obwohl ich unter der Wucht des Hiebes wankte, bewahrte ich meine Geistesgegenwart.

»Ich bin der Vortragende!« stieß ich hervor und sprang hurtig zur Seite. »Lassen Sie mich hinein.«

»Nicht einmal der Ministerpräsident kommt hier herein!« Der Besenstiel sauste drohend durch die Luft. »Reiz mich nicht, oder ich hol die Polizei!«

Er schlug die Tür zu, versperrte sie und schob mit hämischem Nachdruck den Riegel vor.

Ich ließ mich auf einem nahegelegenen Hydranten nieder und überlegte. Unter gar keinen Umständen würde ich aufgeben, soviel stand fest. Ich hatte einen wunderbaren Vortrag ausgearbeitet, in dem ich nachwies, daß es keinen echten israelischen Humor gab, weil die Behörden es an der entsprechenden Unterstützung der humoristischen Institutionen fehlen ließen.

Von drinnen klang gedämpftes Klatschen. Die Ungeduld des Publikums wuchs. Jetzt galt es zu handeln.

Von der gegenüberliegenden Apotheke rief ich den Kultur- und Geselligkeitsklub an.

»Ausverkauft«, sagte eine mürrische Stimme.

»Bitte schicken Sie mir Herrn Stockler zum Telephon.«

»Unmöglich. Er ist drinnen beim Vortrag.« Klick.

Als ich zu meiner Ausgangsbasis zurückkehrte, hatten sich die jungen optimistischen Menschen bereits aus dem Staub gemacht. Nur ein einziger stand noch da. Er trug eine große Ziehharmonika und war, wie sich alsbald herausstellte, das »Gemischte künstlerische Programm« des Abends. Auch er hatte sich erst eingefunden, als die Zugbrücke schon hochgezogen war.

Rasch freundeten wir uns an und tauschten allerlei Ideen aus, wie wir die Wachsamkeit der Ordner umgehen könnten. Nichts Erfolgversprechendes fiel uns ein. Mendel – dies war der Name des Gemischten Programms – begann auf seiner Ziehharmonika eine mitreißende Marschmelodie zu spielen, konnte sich aber gegen die lauten Pfiffe des Publikums nicht mehr durchsetzen.

Etwas Drastisches mußte geschehen. Ich ging wieder in die Apotheke und bat um irgend etwas, womit man auf Glas schreiben könnte.

»Sind Sie der Vortragende von drüben?« fragte der Apotheker.

Ich bejahte.

»Die Vortragenden nehmen gewöhnlich Lippenstift.«

Ich erstand einen Lippenstift der bewährten Marke »Feurige Küsse«, ließ mich vom Gemischten Programm über die Höhe der Tafel heben und schrieb in großen leuchtenden Lettern auf das Glas: *Ich bin der Vortragende.*

Der Ober-Ordner und sein vierschrötiger Assistent sahen mich und griffen nach ihren Besenstielen, aber bevor sie die Tür öffnen konnten, brachten wir uns in Sicherheit. »Du Trottel«, keuchte das Gemischte Programm, noch während wir rannten. »Weil du nicht in Spiegelschrift geschrieben hast.«

Die Ziehharmonika hinderte ihn beim Laufen. Er erklärte mir, daß er dieses blödsinnige Instrument schon längst verkaufen wollte, aber Stockler hätte ihm für heute abend 75 Pfund geboten.

Als wir an einem Postamt vorbeisausten, durchzuckte mich ein grandioser Einfall. Ich stürzte hinein und frage den Schalterbeamten, wie lange die Beförderung eines Telegramms dauere. Seine Antwort lautete:

»Weiß ich?«

Ich ließ mich davon nicht abhalten und schrieb auf das Formular: *stehe draussen vor eingang stop hineinlasset mich raschest stop der vortragende.*

Wir eilten zum Klubhaus zurück, diesmal zum Haupteingang, aber der Telegrafenbote kam nicht. Die israelitischen Postverhältnisse liegen noch sehr im argen.

Drinnen im Saal war unterdessen ein wahres Pandämonium losgebrochen. Man hatte den Eindruck, daß das Haus jeden Augenblick in die Luft gehen würde.

»Wir müssen das Tor rammen«, sagte Mendel mit heiserer Stimme.

In einer Ecke des Vorhofs lehnte eine pensionierte Wagendeichsel. Wir nahmen sie unter die Arme, gingen ein paar Schritte rückwärts, um genügend Anlauf zu haben, und warfen uns mit aller Kraft gegen die Festung. Beim ersten Versuch wurden wir zurückgeschleudert. Beim zweiten splitterte das Tor.

Der Nahkampf war kurz und heftig. Mendel brach unter der Pranke des Ober-Ordners zusammen. Ich entging dem Stuhl, den man als Wurfgeschoß gegen mich benützte, durch eine geschickte Körperdrehung und rannte im Zickzack, um den Kugeln kein Ziel zu bieten, gegen den Vortragssaal. Der Ober-Ordner ließ den leblosen Körper des Gemischten Programms liegen und sprang mich von hinten an. Mein Mantel blieb in seinen Händen. Ich selbst taumelte auf das Podium zu, blutverschmiert, aber ungebeugt.

Manfred Stockler war sichtlich erleichtert, mich zu sehen, und fragte, warum ich so spät kam. Ich sagte es ihm.

»Ja, ja«, bestätigte er mir. »Solche Sachen kommen vor. Vielleicht sind unsere Ordner ein wenig übereifrig. Aber glaube mir: es ginge sonst noch viel schlimmer zu. Voriges Jahr ist der bekannte Lyriker Melamed-Becker beinahe erstickt, als er versuchte, sich durch die Ventilationsanlage in den Saal zu zwängen.«

Dann stellte mich Stockler dem Publikum vor, das mich mit frenetischem Applaus empfing. Seitlich vom Podium stand der Ober-Ordner mit seinem Assistenten. Beide klatschten wie besessen.

»Meine Damen und Herren«, begann ich. »Es gibt ganz entschieden einen typisch israelischen Humor ...«

Harte Währung

In der Regel habe ich immer einen Vorrat von Zehnpiastermünzen bei mir. An jenem Morgen hatte ich keine. Ratlos stand ich vor dem grausamsten Instrument unseres technischen Zeitalters: dem Parkometer. Sollte ein städtisches Amtsorgan des Weges kommen, dann könnte mich der Mangel eines Zehnpiasterstücks fünf Pfund kosten. Ich versuchte ein Fünfundzwanzigpiasterstück in den Schlitz zu zwängen, aber das Parkometer weigerte sich.

»Zehn Piaster?« fragte eine Stimme in meinem Rücken. »Werden wir gleich haben.«

Ich fuhr herum und erkannte Ingenieur Glick, der eifrig in seinen Hosentaschen stöberte.

»Hier!« Und damit warf er selbst die erlösende Münze in den gefräßigen Schlitz.

Ich wußte nicht, wie ich ihm danken sollte. Die von mir sofort angebotene Fünfundzwanzigermünze wies er von sich:

»Lassen Sie. Es ist nicht der Rede wert. Wir sind doch Nachbarn.«

»Wenn Sie einen Augenblick warten, gehe ich wechseln«, beharrte ich.

»Machen Sie sich nicht lächerlich. Sie werden schon einen Weg finden, sich zu revanchieren.«

Damit wandte er sich zum Gehen und ließ mich in schweren, bedrückenden Gedanken zurück. Schulden sind mir zuwider. Ich mag das nicht. »Sie werden schon einen Weg finden« – was heißt das? Was für einen Weg? Wieso?

Um sicher zu gehen, suchte ich auf dem Heimweg einen Blumenladen auf und schickte Frau Glick zehn rote Nelken. So benimmt sich ein Kavalier, wenn ich richtig informiert bin.

Warum es leugnen: ich hätte zumindest einen Telephonanruf vom Hause Glick erwartet. Nicht, daß mein Blumenarrangement besondere Dankesbezeigungen erfordert hätte, aber trotzdem ... Als bis zum Einbruch der Dämmerung noch nichts geschehen war, erkundigte ich mich telephonisch im Blumenladen nach dem Schicksal meiner Nelken. Ja, alles in Ordnung, die Nelken wurden um 16 Uhr 30 durch Boten befördert.

Ich wartete noch eine Stunde. Als meine Nerven zu zerreißen drohten, rief ich bei Glicks an.

Glick selbst war am Telefon. Wir unterhielten uns über die neuen Hafenanlagen in Ashdod und über die neue Einkommensteuer und noch über allerlei Neues. Eine Viertelstunde lang. Schließlich konnte ich nicht länger an mich halten.

»Da fällt mir ein«, sagte ich. »Hat Ihre Gattin die Blumen bekommen?«

»Ja. Meiner Meinung nach sollte die Koalition dem Druck der Religiösen nicht nachgeben. Sie hat genügend Rückhalt, um ...«

Und so weiter, und so weiter. Was war da los? Kein Zweifel, mit meinen Blumen stimmte etwas nicht.

Nachdem die läppische Konversation zu Ende war, berichtete ich den Vorfall der besten Ehefrau von allen.

Sie wunderte sich überhaupt nicht.

»Natürlich«, sagte sie. »Auch ich hätte mich beleidigt gefühlt. Wer schickt heute noch Nelken? Die billigsten Blumen, die es überhaupt gibt.«

»Aber ich habe zehn Stück geschickt!«

»Na wenn schon. Es muß einen fürchterlichen Eindruck auf die Glicks gemacht haben. Jetzt werden sie uns für Geizhälse halten.«

Ich preßte die Lippen zusammen. Alles darf man mich nennen, nur keinen Geizhals. Am folgenden Morgen ging ich in die nächste Buchhandlung, erstand Winston Churchills vierbändige ›Geschichte des Zweiten Weltkriegs‹ und ließ sie an Ingenieur Glick schicken.

Der Abend kam. Ein Anruf kam nicht. Zweimal wählte ich Glicks Nummer, zweimal legte ich im letzten Augenblick den Hörer wieder auf.

Vielleicht hatte Glick übersehen, daß es sich um ein Geschenk von mir handelte?

»Unmöglich«, versicherte mir der Buchhändler. »Ich habe auf einer Begleitkarte ganz deutlich Ihren Namen angegeben.«

Zwei Tage verstrichen, zwei fürchterliche, zermürbende Tage. Am dritten Tag wurden mir die vier Bände Churchill zurückgestellt, in einem mangelhaft verschnürten Paket, dem folgender Brief beilag:

»Mein lieber Freund, begreifen Sie doch, daß ich für die Hilfe, die ich Ihnen am 15. November um 9 Uhr geleistet habe, weder Dank noch Belohnung verlange. Was ich tat, tat ich aus gutem Willen und aus dem Bedürfnis, einem Nachbarn, der in eine schwierige Situation geraten war, meine brüderliche Hand hinzustrecken. Das ist alles. Ich bin sicher, Sie an meiner Stelle hätten ebenso gehandelt. Mein schönster Lohn liegt in dem Bewußtsein, daß ich unter schwierigsten Bedingungen, in einem Dschungel von Eigensucht und Grausamkeit, ein menschliches Wesen bleibe. Herzlichst Ihr Glick. PS: Den Churchill habe ich schon.«

Abermals wunderte sich die beste Ehefrau von allen nicht im geringsten, als ich ihr den Brief vorlas:

»Ganz klar. Es gibt eben Dinge, die sich mit schnödem Mammon nicht abgelten lassen. Manchmal ist eine kleine Aufmerksamkeit mehr wert als das teuerste Geschenk. Aber ich fürchte, das wirst du nie verstehen, du Büffel.«

Was werde ich nie verstehen, was? Noch am selben Tag bekam Ingenieur Glick ein Geschenkabonnement für die Vorzugsserie der Philharmonikerkonzerte.

Am Abend des ersten Konzerts lag ich an der Ecke der Hubermannstraße im Hinterhalt. Würde er kommen?

Er kam. Beide kamen. Ingenieur Glick und Gattin wohnten dem von mir gestifteten Vorzugskonzert bei.

Aufatmend ging ich nach Hause. Zum erstenmal seit vielen Tagen fühlte ich mich von schwerem Druck befreit, zum erstenmal war ich wieder ich selbst. Pünktlich um zehn Uhr abends läutete das Telephon.

»Wir sind in der Pause weggegangen«, sagte Glick, und seine Stimme klang sauer. »Ein miserables Konzert. Ein miserables Programm. Ein miserabler Dirigent.«

»Ich . . . ich bin verzweifelt«, stotterte ich. »Können Sie mir je verzeihen? Ich hab's gut gemeint, wirklich. Ich wollte mich ja nur für Ihre Hilfe von damals erkenntlich zeigen . . .«

»Hoho, alter Junge«, unterbrach mich Glick. »Das ist es ja. Geben ist eine Kunst. Mancher lernt's nie. Man darf nicht nachdenken und nicht nachrechnen, man gibt aus vollem Herzen oder gar nicht. Wenn ich mich selbst als Beispiel anführen darf – Sie erinnern sich. Als ich Sie damals in hoffnungsloser Verzweiflung vor dem Parkometer stehen sah, hätte ich mir ebensogut sagen können: ›Was kümmert's dich, du bist kein Autobesitzer und brauchst dich mit einem Autobesitzer nicht solidarisch zu fühlen. Tu, als hättest du ihn nicht gesehen. Er wird es nie erfahren.‹ Aber so zu handeln, wäre eben nicht meine Art. ›Hier ist ein Nachbar in Not‹, sagte ich mir. ›Er braucht dich.‹ Und schon – Sie erinnern sich – schon war das Zehnpiasterstück im Schlitz Ihres Parkometers. Eine kleine Geste, weiter nichts. Und doch . . .«

Ich glaubte buchstäblich in die Erde zu versinken vor so viel Humanismus. Eine kleine Geste. Warum, lieber Gott, ermangle ich so völlig der Fähigkeit zu kleinen Gesten. Nicht nachdenken, nicht nachrechnen, nur geben, aus vollem Herzen geben . . . »Glick hat vollkommen recht«, konstatierte die beste Ehefrau von allen. »Und jetzt ist der Karren natürlich völlig verfahren. Jetzt kann uns nur noch eine spektakuläre Aktion retten.«

Die ganze Nacht überlegten wir, was wir tun sollten. Den Glicks eine Eigentumswohnung kaufen? Mündelsichere Wertpapiere? Sie zu unseren Universalerben einsetzen? Wir zermarterten uns die Köpfe ...

Schließlich brachte uns eine beiläufige Bemerkung des Ingenieurs auf den rettenden Einfall. Wie hatte er doch in seinem ausführlichen Monolog gesagt? Ich habe keinen Wagen, hatte er gesagt.

»Das ist die Lösung«, stellte die beste Ehefrau von allen befriedigt fest. »Du weißt, was du zu tun hast.«

»Aber ich kann auf meinen Wagen schon aus Berufsgründen nicht verzichten«, wimmerte ich. »Ich brauche ihn.«

»Das ist wieder einmal typisch für dich. Du bist und bleibst eine levantinische Krämerseele.«

Der Wagen wurde mit einer ganz kurzen Begleitnote zu den Glicks befördert: »Gute Fahrt«, schrieb ich, und »Nochmals Dank.«

Diesmal reagierte Glick positiv. Gleich am nächsten Morgen rief er mich an:

»Entschuldigen Sie, daß ich Sie schon zu so früher Stunde aufwecke. Aber ich kann den Wagenheber nirgends finden.«

Das Blut schoß mir zu Kopf. Vor mehr als einem Jahr war der Wagenheber gestohlen worden, und ich hatte noch immer keinen neuen gekauft. Jetzt wird Glick womöglich auf einer einsamen Landstraße einen Pneudefekt haben und mich bis an sein Lebensende verfluchen.

»Ich komme!« rief ich ins Telephon, kleidete mich in sausender Eile an, nahm ein Taxi und kaufte einen Wagenheber, den ich sofort bei Glick abliefern wollte.

Am Rothschild-Boulevard, auf den vom Magistrat zugelassenen Parkplätzen, deren Zulassung durch Parkometer kenntlich ist, sah ich einen Wagen stehen, der mir bekannt vorkam.

Er war es. Mein Wagen stand vor einem Parkometer, vor dem Parkometer stand Ingenieur Glick und kramte verzweifelt in seinen Taschen.

Ich ließ das Taxi anhalten und stürzte mit einem heiseren Aufschrei auf Glick zu:

»Zehn Piaster? Werden wir gleich haben!«

Glick wandte sich um und erbleichte:

»Danke! Ich brauche keine. Ich habe sie selbst! Ich habe sie selbst!«

Er setzte die fieberhafte Suche fort. Ich nahm die meine auf. Wir keuchten beide vor Anstrengung. Denn uns beiden war klar, was auf dem Spiel stand. Glick stülpte eine Tasche nach der anderen um, ohne ein Zehnpiasterstück zu finden.

Nie werde ich das schreckensbleiche Gesicht vergessen, mit dem er zusah, wie ich mein Zehnpiasterstück langsam und genießerisch in den Schlitz des Parkometers versenkte:

»Hier, bitte!«

Vor meinen Augen begann Glick um mehrere Jahre zu altern. Er schrumpfte sichtbar zusammen, während er in die Hosentasche griff und mir die Schlüssel zu meinem Wagen aushändigte. Aus seiner Brusttasche zog er das Abonnement für die Philharmonie und übergab es mir unter leisem Schluchzen. Gegen Abend kamen Blumen für meine Frau. Man muß es ihm lassen: mein Nachbar ist ein guter Verlierer.

Ehemann als Privatunternehmen

Immer viel zu heiß

Ich liebe Suppen.

Gewiß, auf die Umwälzungen im Gefüge meines Familienlebens haben derlei gastronomische Kleinigkeiten keinen entscheidenden Einfluß. Aber ihre menschliche Bedeutung soll man nicht unterschätzen.

Soviel ich sehen kann, sind Ehemänner in zwei scharf rivalisierende Lager geteilt; das eine Lager nimmt vor der Hauptmahlzeit eine Suppe zu sich, das andere nicht. Daneben gibt es noch ein paar Außenseiter, denen die Suppe bereits als Hauptmahlzeit gilt. Zu dieser kleinen, aber fanatischen Schar gehöre auch ich. Aus einer edlen Consommé mit zarten goldenen Fettäuglein duften mir alle Wohlgerüche kulinarischer Poesie entgegen, und schwimmen gar noch zwei oder drei Mazzesknödelchen darinnen, dann ist für mich der Gipfel der Kochkunst der besten Ehefrau von allen erreicht.

»Wer Suppen liebt, kann kein schlechter Mensch sein«, soll irgend jemand gesagt haben; es war, glaube ich, der Suppenfabrikant Campbell.

Die Sache hat nur einen einzigen Haken: Suppen sind heiß. Sie sind nicht nur heiß, sie sind, um die volle Wahrheit zu sagen, viel zu heiß. Immer viel zu heiß.

Diese Feststellung ist das Ergebnis langjährigen Forschens und harter persönlicher Erfahrung. Noch nie und noch nirgends – sei es zu Hause, in Restaurants, in Privathäusern, in Klöstern oder wo immer – bin ich einer Suppe begegnet, die nicht schon beim ersten Löffel im Mund und auf der Zunge kleine Bläschen erzeugt hätte, wie sie bei Verbrennungen dritten Grades aufzutreten pflegen. Es ist eine wahrhaft höllische Situation. Die Suppe steht vor dir, dampfend, wohlriechend, appetitlich, all deine Magensäfte und Magennerven sind auf sie eingestellt, freuen sich auf sie, lechzen nach ihr – und können sie nicht genießen, weil sie zu heiß ist und dir die Lippen verbrennt.

Ich wurde mit diesem Problem bereits im Alter von drei Jahren konfrontiert. Es war eine knallrote Tomatensuppe, die mir die ersten Brandwunden meines Lebens zufügte. Damals machte mich meine gute Mutter mit dem altehrwürdigen Ritual des Umrührens vertraut, und seither rühre ich um, manchmal so lange, bis mein rechter Arm von einem Muskelkrampf befallen wird. Wenn ich nicht irre, geschah es in dem freundlichen, für seine Gulaschsuppe berühmten Städtchen Kiskunfélegyháza, daß sich diese berühmte Gulaschsuppe unter der Einwirkung meines Umrührens in eine kompakte, zementartige Masse verwandelte, aus der sich der Löffel nicht mehr herausziehen ließ. Es war ein fürchterliches Erlebnis.

Erlebnisse solcher Art haben mich zu einem scheuen, schreckhaften, introvertierten Kind gemacht. Mein ganzes junges Leben lang sehnte ich mich nach einer Suppe mit genießbarer Temperatur, aber meine Sehnsucht blieb unerfüllt. Jede Suppe, die ich bekam, war zu heiß. Aus großen, verstörten Augen blickte ich in die Welt und fragte:

»Warum?«

Es kam keine Antwort.

Sie ist noch immer nicht gekommen. Offenbar haben sich Männer mittlerweile an den vulkanischen Ursprung der Suppe, die ihnen das weibliche Geschlecht vorsetzt, und damit auch an die Tätigkeit des Umrührens gewöhnt. Sie betreiben es automatisch, mit jenem geistesabwesenden Gesichtsausdruck, den man bei Sträflingen auf ihrem Rundgang im Gefängnishof beobachten kann. Nach konservativen Schätzungen verbringt jeder Mensch insgesamt ein Jahr seines Lebens mit dem Umrühren von Suppen. Das bedeutet einen Verlust von Millionen Arbeitsstunden für die Volkswirtschaft. Und was tut die Regierung dagegen? Sie erhöht die Steuern.

Ein einziges Mal in meinem Leben, ich werde ewig daran denken, es war ein kleines italienisches Gasthaus – ein einziges Mal wurde mir eine Suppe serviert, die man tatsächlich sofort essen konnte, eine Minestrone. Sie war nicht zu heiß, sie war warm, sie war gerade richtig, vielleicht war sie schon in dieser Temperatur aus der Küche gekommen, vielleicht hatte der geriebene Parmesan, mit dem ich sie bestreute, eine Temperatursenkung bewirkt, ich weiß es nicht und werde es nie erfahren. Kaum hatte ich den ersten Löffel zum Mund geführt, sprang der Kellner auf mich zu und riß mir den Teller weg:

»Die Suppe ist irrtümlich nicht gewärmt worden. Entschuldigen Sie, Signore.«

Als er sie zurückbrachte, konnte ich sein Gesicht nicht sehen, weil es von dichten Dampfwolken verhüllt war. Und als ich den ersten Löffel der nunmehr gewärmten Suppe an die Lippen setzte, ließ ich ihn mit einem leisen Schmerzensschrei fallen. Die Flüssigkeit ergoß sich auf das Tischtuch. Ein kleines Brandloch blieb zurück.

Und zu Hause? Wenn eine Fliege die Unvorsichtigkeit begeht, ihren Weg über den Topf zu nehmen, in dem die beste Ehefrau von allen eine Suppe kocht, fällt das bedauernswerte Insekt mit versengten Flügeln hinein, dem Ikarus vergleichbar, der einst der Sonne zu nahe kam.

Aus der Physikstunde wissen wir, daß Wasser bei 100 Grad Celsius kocht. Die Pilzlingsuppe, die mir die beste Ehefrau von allen neulich zu Mittag vorsetzte, hatte eine Temperatur von 150 Grad im Schatten.

»Warum, um des Himmels willen, machst du die Suppen immer so heiß?« lautet meine ständige, ebenso verzweifelte wie erfolglose Frage am Beginn jeder Mahlzeit.

»Suppen müssen heiß sein«, antwortet stereotyp meine Frau. »Wenn sie dir zu heiß ist, rühr um ...«

Manchmal in meinen Träumen erscheint mir der Neandertalmensch, wie er zwei Steine gegeneinander schlägt und das Feuer entdeckt. Und wenn die Flamme hochzüngelt, lallt er mit wulstigen Lippen: »Suppe ... Suppe ...«

Aber ich gebe nicht auf. Ich setze meinen Kampf gegen die allgemeine Übereinkunft fort. Im Restaurant versäume ich niemals, dem Kellner, bei dem ich die Suppe bestelle, laut und deutlich einzuschärfen:

»Bitte nicht zu heiß. Bitte keine brodelnde Suppe. Die Suppe soll in der Küche kochen, nicht auf dem Tisch.«

Der Kellner sieht glasigen Blicks durch mich hindurch, verschwindet, kehrt hinter einer Feuersäule zurück und stellt sie vor mich hin.

»Ich habe Sie doch gebeten, mir keine brennend heiße Suppe zu bringen!«

Aus Rauchschwaden dringt die Stimme des Kellners an mein Ohr:

»Heiß? Das nennen Sie heiß?«

Meine Aufforderung, selbst nachzuprüfen und den Finger hineinzustecken, lehnt er ab. Begreiflich. Der Mann braucht die Hand für seinen Beruf und kann keine Brandwunden riskieren.

Neuerdings versuche ich es mit Eiswürfeln, die ich gleichzeitig mit der Suppe bestelle, oder ich gieße ein wenig kaltes Bier in den Teller. Natürlich ist es dann keine Suppe mehr, es ist eine übelriechende Flüssigkeit von undefinierbarer Farbe und ebensolchem Geschmack, aber sie ist wenigstens nicht zu heiß.

So werde ich älter und älter, die Kummerfalten in meinem Gesicht werden tiefer, mein einstmals aufrechter Gang ist gebückt von der Last des vergeblichen Kleinkriegs. Ich habe fast alles erreicht, was ich erreichen wollte, Erfolg und Ruhm und Anerkennung im Ausland, die beste Ehefrau von allen, drei reizende Kinder, den Neid meiner Kollegen. Nur eines ist mir versagt geblieben: eine nicht zu heiße Suppe.

Auf meinem Grabstein wird folgende Inschrift zu lesen sein:

»Hier ruht Ephraim Kishon, der bedeutende Satiriker und perfekte Ehemann (1924–2013). Sein Leben war ein einziges Umrühren.«

»Entschuldigen Sie bitte – haben Sie vielleicht eine Zigarette?«

»Leider. Ich rauche nicht mehr. Seit ich diese alarmierenden Berichte in der Zeitung gelesen habe ...«

»Auch ich habe sie gelesen. Aber ich hab's überwunden.«

»Wie ist Ihnen das geglückt?«

»Willenskraft, nichts weiter. Am Anfang glaubte ich es nicht ertragen zu können. Es ist ja keine Kleinigkeit, wenn man Tag für Tag lesen muß, daß man einem Lungenkrebs entgegensteuert oder Magengeschwüren und Hämoglobin oder dergleichen. An dem Tag, an dem meine besorgte Frau mich aufmerksam machte, daß in der ›Jerusalem Post‹ das Gutachten des amerikanischen Gesundheitsamtes über die schädlichen Auswirkungen des Rauchens erschien, verfiel ich in Panik. An diesem Tag stand mein Entschluß fest. Ich hörte auf, Zeitungen zu lesen.«

»Ein genialer Einfall!«

»Warten Sie. So einfach ist das alles nicht. Eine Woche lang stand ich es durch. Ich las nicht einmal die Überschriften, ich las keine Leitartikel und keine Sportberichte, nichts. Aber um die Mitte der zweiten Woche hat's mich erwischt. Wenn ich jetzt nicht sofort eine Zeitung lese, dann, das fühlte ich, brechen meine Nerven zusammen. Man kann sich ja nicht vollkommen von der Umwelt isolieren, nicht wahr. Ich wurde schwach. Ich ging zu meinen Nachbarn und borgte mir die gestrige Zeitung aus. Ich habe sie von der ersten bis zur letzten Seite gelesen. Was sage ich: gelesen. Verschlungen! Die erste Zeitung nach mehr als einer Woche!«

»Kann ich mir gut vorstellen.«

»Gar nichts können Sie sich vorstellen. Auf der dritten Seite stand ein Artikel, der sich mit den jüngsten Forschungsergebnissen eines englischen Nikotinexperten beschäftigte. Ein Keulenschlag! Dreißig Zigaretten am Tag, so hieß es dort, ziehen unweigerlich den Verlust der Männlichkeit nach sich. Und ich rauche am Tag zwei Päckchen.«

»Hm. Dann allerdings ...«

»Es war mir klar, daß ich jetzt zu drastischen Maßnahmen greifen müßte, um diesem Alpdruck nicht völlig zum Opfer zu fallen. Die Zeitungslektüre einfach aufzugeben, genügt nicht. Man muß sich, sagte ich mir, beherrschen können. Man muß imstande sein, zu lesen, was man lesen will, und nicht zu lesen, was man nicht lesen will. Ein furchtbarer innerer Kampf begann. Am ersten Tag meines freiwilligen Entwöhnungsprozesses folgte ich dem Rat meiner Gattin und entschloß mich, die Zeitungen zu verbrennen. Sonst wäre ich der Versuchung erlegen, den Artikel einer anerkannten medizinischen Kapazität über das sogenannte ›Raucherbein‹ zu lesen. Es war nicht leicht, glauben Sie mir. Aber nach ein paar Tagen begann sich mein Zustand zu bessern. Ich las die politischen Meldungen und den Leitartikel, überschlug rasch die nächsten Seiten und nahm erst wieder die Theater- und Sportberichte zur Kenntnis. Auf diese Weise ging es eine Zeitlang ganz gut. Bis eines Nachts der Teufel mich aufs neue versuchte: Mein Blick fiel auf eine vom Pasteur-Institut ausgearbeitete Statistik der Kreislaufstörungen mit tödlichem Ausgang bei Rauchern und Nichtrauchern. Die Lockung war fürchterlich. Was hätte ich nicht alles drum gegeben, die Tabellen wenigstens zu überfliegen! Aber ich blieb stark. Ich biß meine Lippen blutig, stopfte mir ein Taschentuch in den Mund und blätterte weiter. Ich habe kein einziges Wort des Artikels an mich herangelassen, kein Wort und keine Ziffer.«

»Ich bewundere Sie aufrichtig.«

»Es war die Entscheidung. Jetzt kann mir nichts mehr geschehen. Wenn ich jetzt einen Artikel dieser Art in der Zeitung sehe, gleitet mein Auge achtlos darüber hinweg. Es interessiert mich nicht mehr. Und glauben Sie mir: seither fühle ich mich wie neugeboren.«

Die Brille, das unbekannte Wesen

Ehemänner in reiferen Jahren brauchen eine Lesebrille. Junggesellen brauchen keine. Vielleicht, weil sie keine Zeit zum Lesen haben.

Ich trage keine Brille. Genauer gesagt, ich kann keine Brille tragen, weil sie unweigerlich verlorengeht, sobald ich sie abnehme. Manchmal schon vorher. Sie scheint irgendwie zu verdampfen, Gläser, Fassung und Gestell. Es ist rätselhaft.

Meistens geschieht es, wenn ich rasch etwas notieren will.

Da ich kurzsichtig bin – ich wurde schon kurzsichtig geboren –, schiebe ich die Brille über meine eindrucksvoll hohe Stirne hinauf, und schon ist sie verschwunden. Die Brille, nicht die Stirne. Auch wenn ich sie vor dem Schlafengehen auf meinen Nachttisch lege oder ihr einen sicheren Platz auf dem Rand der Badewanne zuweise, bevor ich ins Wasser steige, ist sie nachher nicht mehr vorhanden. Sie hat sich irgendwo im Haus versteckt. Vielleicht auch außerhalb des Hauses, ich weiß es nicht, wenn ich es wüßte, müßte ich sie ja nicht suchen. Ich habe den Eindruck, daß sie mich haßt.

Die eigentliche Qual, der geradezu unlösbare Konflikt besteht darin, daß jemand, der seine Brille verloren hat, sie nur mit Hilfe seiner Brille finden kann. Ohne Brille ist man halb blind und tastet hilflos durch die Gegend, einer kurzsichtigen Schlange vergleichbar, die sich in den eigenen Schwanz beißt und ihn auffrißt, bis nichts mehr von ihm übrigbleibt. Oder von ihr.

Die Optiker, die ich zu Rate zog, bestätigten mir, daß Brillen zu jenen Gegenständen gehören, die leicht verlorengehen. Besonders hebräische Brillen lieben es, ihre Unabhängigkeit zu beweisen. Ganz besonders solche mit dünner Fassung. Sie haben keinen richtigen Halt. Und es wäre zwecklos, sie etwa an einem Kettchen zu befestigen und sie vor der Brust baumeln zu lassen wie ein Medaillon. Sie kennen ihren Karl Marx: Brillengläser aller Länder, vereinigt euch! Ihr habt nichts zu verlieren als eure Ketten! Schwupps – weg sind sie.

Mein Fall ist um so schlimmer, als ich nur wenig Dioptrien aufzuweisen habe, so daß mir auch bei bloßen Augen eine gewisse Sehkraft verbleibt. Es kann geschehen, daß ich mit meinem Wagen eine Viertelstunde lang durch eine merkwürdig verwischte Gegend fahre, ehe ich merke, daß ich keine Brille habe. Oder ich suche sie verzweifelt in den Polsterspalten eines Fauteuils und entdecke sie schließlich auf meiner Nase. Leute mit dicken Brillengläsern kann so etwas nie passieren. Nur unsereins ist ständig auf der Suche nach seiner Brille und wird wütend, wenn sie wieder einmal verschwunden ist. Ich für meine Person pflege sie dann auf ungarisch zu verfluchen und trommle mit den Fäusten gegen die Wand, ehe ich Vernunft an- und die Rekonstruktion des Vorgangs aufnehme:

»Wo habe ich sie zuletzt gesehen?« frage ich mich unter heftigem Blinzeln. »Wenn ich nicht irre – worauf man sich ohne Brille allerdings nicht verlassen kann –, hatte ich sie beim Lesen der Morgenblätter noch in Gebrauch. Dann habe ich die Blechdose mit den Erdnüssen geöffnet. Dann habe ich mich rasiert. Halt!«

Das Rasieren liefert mir einen vielversprechenden Anhaltspunkt. Ich eile ins Badezimmer, suche, stöbere, kehre alles von oben nach unten und finde nichts. Auch die Erdnüsse und die Zeitungen lassen mich im Stich. Ich muß mich bis auf weiteres an den Nebel gewöhnen.

Plötzlich, gegen Mittag, erscheint die Brille auf dem Klavier, und zwar auf den oberen Tasten. Wie sie dorthin gekommen ist, ahne ich nicht. Ich habe das letzte Mal im Alter von sieben Jahren Klavier gespielt.

»Willst du damit sagen«, unterbricht mich an dieser

Stelle meine kritische Gattin, »daß deine Brille mit dir Verstecken spielt?«

Ja. Genau das will ich sagen. Meine Brille führt ein eigenes Leben, sogar ein sehr munteres und vergnügtes. Kaum lege ich sie für einen Augenblick beiseite, entfernt sie sich auf Zehenspitzen und geht verloren. Sie weiß, daß mich das ärgert. Deshalb tut sie's ja. Wenn ich sie dann irgendwo finde, wo sie nicht hingehört, zum Beispiel in der Vorhangschnalle am Fensterbrett oder im Kühlschrank unter den Steaks, grinst sie mich an und macht kein Hehl aus ihrer Schadenfreude. Einmal habe ich sie sogar tief innen in unserem Fernsehapparat entdeckt, wo sie die Drähte durcheinanderbrachte. Und während der letzten Hitzewelle fand sie ihren Weg bis aufs Dach hinauf. Sie kann fliegen.

Manchmal nehme ich sie in Präventivhaft. Bevor ich schlafen gehe, sperre ich sie zwischen dem Bleistifthalter und dem Foto der besten Ehefrau von allen auf meinem Schreibtisch ein und memoriere noch im Bett: »Zwischen den Bleistiften und der besten Ehefrau, zwischen den Bleistiften und . . .«

Am Morgen führt mich mein erster Weg zum Schreibtisch. Bleistifte und Ehefrau sind da, die Brille nicht. Ein paar Stunden später setze ich mich ans Steuer meines Wagens, um in die Stadt zu fahren – und höre aus dem Fond ein leises Hallo. Es ist meine Brille.

Manchmal verschwindet sie für Tage, und ich reiße vergebens die Tapeten von der Wand. Die einzig erfolgreiche Gegenwehr besteht darin, sofort eine neue Brille zu bestellen. In der Regel taucht dann die alte fünf Minuten vor dem Anruf des Optikers auf, der mir mitteilt, daß die neue abholbereit ist. Sie wird in die Reserve versetzt, als diejenige, mit der man die andere sucht. Das funktioniert so lange, bis eine von beiden spurlos verschwindet. Beide zugleich gibt es immer nur für ganz kurze Zeit. Sie hassen einander.

Die beste Ehefrau von allen behauptet, trotz der Beweise, daß die Misere nicht an den Brillengläsern liegt, sondern an mir, weil ich so zerstreut bin. Sie hat keine Ahnung von Brillenpsychologie. Also muß ich den Kampf allein ausfechten.

Eines Tages kam mir der geniale Einfall, unsere gemischte Rassehündin Franzi als Brillenjagdhund abzurichten. Ich ließ sie Witterung nehmen, indem ich die Gläser ausführlich an ihrer Nase rieb, dann versteckte ich die Brille im Garten, dann tappte ich nach Franzi, geleitete sie zu meiner Brille und gab ihr ein Stück Zucker als Finderlohn. Nach mehrmaliger Wiederholung dieses Vorgangs führte ich gestern einen Test durch.

»Franzi!« rief ich. »Such die Augengläser!«

Franzi spitzte die Ohren, schnüffelte in die Luft und zog mich schnurstracks zum Zuckerbehälter. Ich konnte den Zucker verstecken, wo immer ich wollte – Franzi kam ihm unfehlbar auf die Spur. Man kann sich auf das Witterungsvermögen von Hunden verlassen. Sie brauchen keine Brillen.

Nach langem Nachdenken habe ich jetzt die endgültige Lösung gefunden. Ich nehme meine Brillen nicht mehr ab. Ich wasche mich mit ihnen, ich weine mit ihnen, ich schlafe mit ihnen. Und ich träume von ihnen. Ich träume, daß ich sie verloren habe.

Am Morgen wache ich auf – und was muß ich feststellen? Ich habe sie verloren.

9. Juni

Heute beim Abendessen sah ich im Fernsehen Detektiv Kojak und mußte laut auflachen. Wie kann ein Mann, und noch dazu ein so berühmter Schauspieler, einen Glatzkopf haben. Einen, der von einer polierten Billardkugel kaum zu unterscheiden ist? So etwas müßte sich doch vermeiden lassen.

Unter Telly Savallas' Einfluß trat ich an den Spiegel, um den Zustand meines Haupthaares zu prüfen. Nach einigen Minuten sorgfältiger Beobachtung schien es mir, als wäre der Haaransatz an den Schläfen ein wenig zurückgewichen. Nun, das kann den durchgeistigten Charakter meines Gesichtsausdrucks nur noch steigern. In meinem Alter und für einen glücklich verheirateten Brillenträger ist das ganz normal. Und weiter existiert dieses »Problem« für mich nicht.

10. Juni

Zufällig fiel mein Blick heute nach der Morgentoilette auf meinen Kamm. Ich zählte 23 einzelne Haare. Aber ich mache mir keine Sorgen. Mein Friseur, den ich zufällig in seinem Laden antraf, bestätigte mir, daß ein täglicher Ausfall von 10–23 Haaren allgemein üblich sei. »Hat nichts zu bedeuten«, sagte er (und er muß es wissen). »Kahlköpfigkeit ist erblich. Nur Männer, deren Vorfahren Glatzen haben, sind in Gefahr.«

Zu Hause geriet mir zufällig ein Familienbild meines Großvaters und seiner acht Brüder in die Hand. Alle hatten Glatzen. Ich finde, daß mein Friseur sich um sein Geschäft kümmern sollte, statt Fragen der Vererbungstheorie zu diskutieren und dummes Zeug zu schwätzen.

3. September
Es ist doch merkwürdig. Seit ich meinen Haaren so viel Aufmerksamkeit schenke, fallen sie aus. Natürlich merkt das niemand außer mir, der ich ihnen so viel Aufmerksamkeit schenke. Immerhin belief sich in der letzten Woche der tägliche Durchschnitt bereits auf 30. Kein Grund zur Beunruhigung, nein, nur zur Wachsamkeit. Ich schrieb an meine Lieblingszeitung um Auskunft und fand in der Rubrik ›Ratgeber für Verliebte‹ folgende Antwort:

» *Wachsam, Tel Aviv.* Das Haar ist ein zarter, fadenförmiger Auswuchs an bestimmten Körperpartien der Säugetiere. Erfahrungsgemäß kann an bestimmten Körperpartien mancher Säugetiere Haarausfall eintreten. Bei Menschen männlichen Geschlechts ist das ein durchaus normaler Vorgang, der erst dann Beachtung verdient, wenn er auffällige Dimensionen annimmt. Konsultieren Sie einen Arzt.«

Ich konsultierte einen Arzt. Er untersuchte mich auf Herz und Nieren, ferner auf Lunge, Blinddarm und Milz, prüfte meinen Blutdruck, röntgenisierte mich, machte einen Grundumsatz-Test, nahm ein Elektrokardiogramm auf, und erklärte mich für vollkommen gesund. In bezug auf meine Haare erklärte er, daß man da leider gar nichts tun könne. Wenn sie ausfallen, dann fallen sie aus.

11. Februar
Meine neue Frisur paßt ausgezeichnet zur verschmitzten Koboldhaftigkeit meiner Gesichtszüge. Das ganze Haar vereinigt sich in einem lustigen kleinen Knäuel und reicht bis zu einer imaginären Verbindungslinie zwischen meinen beiden Ohren, von wo es salopp und ein wenig genialisch nach hinten ausstrahlt, über den haarlosen Rest meiner Kopfhaut.

In einem bemerkenswerten Artikel, der sich auf historische Unterlagen stützt, lese ich, daß eine Menge bedeutender Männer teilweise oder zur Gänze kahl waren:

Dschingis Khan, Yul Brynner, Chruschtschow. Es gab sogar einen französischen König namens Karl der Kahle.

27. Mai
Mein Friseur sagt, daß glatzköpfige Männer zumeist begabter sind als die nicht glatzköpfigen, besonders auf gewissen Gebieten. Das ist eine wissenschaftlich erhärtete Tatsache. Aber ich hätte trotzdem nichts zu befürchten, sagte er. Er empfahl mir, meinen Kopf zu rasieren, damit das natürliche Sonnenlicht besseren Zutritt zu den Haarwurzeln fände. Dadurch wird der Haarwuchs angeregt und das Haar erhält wieder seine jugendliche Frische. Nicht als ob ich etwas dergleichen nötig hatte – ich ließ es ihn nur spaßeshalber versuchen. Als ich nachher in den Spiegel sah, wurde ich beinahe ohnmächtig: das jugendlich brutale Gesicht eines Gangsters starrte mir entgegen. Ich versteckte mich in einer dunklen Ecke des Ladens. Nach Einbruch der Dunkelheit schlich ich nach Hause. Den sarkastischen Gesichtsausdruck der besten Ehefrau von allen werde ich nie vergessen. Samson, Samson, wie gut verstehe ich dich jetzt!

27. August
Heute habe ich mich zum erstenmal wieder bei Tageslicht aus dem Haus gewagt. In meiner Klausur las ich zahlreiche Literatur über Chruschtschow und seine großen Leistungen. Chruschtschow hat bereits in früher Jugend sein Haar verloren. Ich kann mir nicht helfen, aber der Kommunismus ist nicht so ohne.

Daß meine Haare mittlerweile zum großen Teil verschwunden sind, rührt wahrscheinlich daher, daß sie drei Monate lang keinem Sonnenlicht ausgesetzt waren. Mein Kopf gleicht einer Mondlandschaft, die nur von einem kleinen Streifen üppiger Vegetation am Äquator unterbrochen wird. Ich war am Rande der Verzweiflung, als ich in der Zeitung das folgende Inserat entdeckte:

Ich war am Rande der Verzweiflung!

Mein Kopf glich einer Mondlandschaft, die nur von einem kleinen Streifen üppiger Vegetation am Äquator unterbrochen wurde.

Ich verzweifelte nicht!

Ich behandelte mein Haar mit dem amerikanischen Wundermittel

Isotropium Superflex

und bin jetzt vollkommen geheilt sowie auch glücklicher Vater dreier Kinder.
Erhältlich in armselig kleinen Probetuben für Geizhälse zu 1 Pfund 20, in gigantischen Riesentuben für den ökonomisch denkenden Ehemann zu 9 Pfund 80.

Ich kaufte eine gigantische Riesentube, um den Prozeß zu beschleunigen.

17. November
Eines muß man diesem Isotropium Superflex lassen: es hat den Prozeß beschleunigt.

Die Zahl meiner Haare ist auf 27 gesunken, und ich beginne die Welt mit abgeklärten Augen zu sehen. Kein Zufall, liebe Leute, daß fast alle großen Industriemagnaten, Wirtschaftskapitäne, Wissenschaftler und Forscher glatzköpfig sind, besonders nach Überschreitung einer bestimmten Altersgrenze und wenn sie verheiratet sind. Bei mir bemerkt man das allerdings noch nicht, weil ich mein Haar auf so raffinierte Weise von hinten nach vorn kämme, daß es den zwingenden Eindruck erweckt, als sei es von vorn nach hinten gekämmt. Dieser kleine Trick wird höchstens im Schwimmbad sichtbar, wenn meine Haare naß sind und an den Schultern kleben, was meine Kinder regelmäßig in Lachkrämpfe fallen läßt.

29. Januar
Ein häßlicher Zwischenfall vergällte mir heute die Laune. Ich hatte mich um Kinokarten angestellt, als ein Halbstarker an seine etliche Meter vor mir stehende Freundin die Frage richtete:

»Wo ist Pogo?«

Das Mädchen – ein primitives, taktloses Geschöpf – deutete auf mich und sagte:

»Er steht hinter dem Glatzkopf dort.«

Es war das erstemal, daß ich eine solche Andeutung zu hören bekam. Vorausgesetzt, daß diese Ziege überhaupt mich gemeint hat. Angesichts meiner Frisur möchte ich das eher bezweifeln: acht Haare laufen wellenförmig von links nach rechts, drei andere – Gusti, Lili und Modche – streben in rechtem Winkel auf sie zu und überschneiden sie schräg. Für den Hinterkopf sorgt Jossi. Nein, je länger ich darüber nachdenke, desto sicherer bin ich, daß dieses dumme kleine Mädelchen einen anderen gemeint haben muß.

Irgendeinen Glatzkopf.

2. März
Ich werde immer abgeklärter und reifer. Mein wachsendes Interesse an religiösen Problemen hat ein neues Lebensgefühl in mir geweckt, und die großartige Strahlkraft der Tradition tut ein übriges. Ich entdecke den tiefen Sinn unserer Gebote und Gesetze. Zumal den Sabbat beobachte ich aufs strengste und halte meinen Kopf ständig bedeckt – wie man weiß, ein Zeichen geistiger Überlegenheit (Levicitus VIII, 9). Unter meiner Kopfbedeckung herrscht eiserne Disziplin.

Bei der heutigen Morgenparade fehlte Gusti. Ich führte

eine nochmalige Aufrufkontrolle durch und mußte feststellen, daß die Gesamtzahl der Erschienenen sich auf 4 belief. Später fand ich Gusti leblos an meinem Hemdkragen. Es war das längste und stärkste von allen Haaren, die ich noch hatte. Unerforschlich sind die Wege des Schicksals. Ich warf Modche in die Bresche und bürstete ihn ein wenig auf, damit er nach mehr aussähe, als er ist. Abigail wird grau.

13. April
Nun ist Jossi ganz allein. Der Friseur erging sich in Lobeshymnen über ihn und schlug mir vor, ihn im Interesse einer kräftigen Wiedergeburt abzurasieren. Ich ließ das nicht zu. Ich möchte kein zweitesmal wie ein Glatzkopf aussehen. Ich spendierte Jossi ein Chlorophyll-Shampoo gegen Schuppenbildung. Als er trocken war, legte ich ihn im Zickzack über meinen Kopf. Er soll Grund und Boden haben, soviel er will.

28. Juli
Das Unvermeidliche ist geschehen. Jossi ist nicht mehr. Er verfing sich im Innenleder meines Hutes und wurde mit der Wurzel ausgerissen. Mir fiel das tragische Ende der Isadora Duncan ein. Selbstmord?

29. Juli
Die beste Ehefrau von allen wird sich damit abfinden müssen, daß ich eine gewisse Neigung zur Kahlköpfigkeit habe.

Eine Geheimsprache für graue Zellen

Ein perfekter Ehemann, der bald Silberne Hochzeit mit der besten Ehefrau von allen feiert, darf eine Brille und gelegentlich auch eine Glatze tragen.

Das einzig unüberwindliche Problem ist die vorzeitige Senilität.

Beim Durchblättern der Wochenendbeilagen unserer Tageszeitungen stieß ich auf einen medizinischen Beitrag, dem Interessenten über 50 allerlei Lehrreiches über Schwachsinn entnehmen konnten. Nach Angaben des Verfassers, eines vollbärtigen Doktors über 50, sterben im menschlichen Gehirn, wenn man einmal über 50 ist, täglich Millionen grauer Gehirnzellen ab. Durch Alkoholgenuß wird dieser Prozeß noch gefördert, behauptet der Vollbart.

Da ich über 58 bin, zog ich sofort meinen Taschencomputer zu Rate, multiplizierte die Anzahl meiner Jahre mit 365, fügte sechs Nullen hinzu und kam zu dem Ergebnis, daß ich so gut wie keine grauen Zellen mehr besaß. Das verursachte mir keinen geringen Schock.

Mein Gott, was unternimmt man gegen den drohenden Gehirnzellenschwund? Sooft ich mir ein Glas Bier vergönne, erscheint vor meinem geistigen Auge jener bärtige Senilitätsforscher, hebt mahnend den Finger und raunt mir zu:

»Schon wieder ein paar tausend graue Zellen beim Teufel...«

In der Tat habe ich bereits deutliche Anzeichen von Senilität an mir festgestellt. Wenn beispielsweise in einer Fernsehsendung jemand telephonisch interviewt wird, springe ich beim Klingelsignal sofort auf, greife nach dem Hörer meines Apparats und entschuldige mich beim tü-tü-tü, das an mein Ohr dringt. Oder ich selbst rufe jemanden an, aber bevor der Betreffende sich meldet, haben meine noch vorhandenen Grauzellen schon wieder vergessen, mit wem ich sprechen wollte.

»Hallo«, sage ich. »Hier Kishon. Wer spricht?«

»Zum Teufel«, tönt es vom anderen Ende des Drahts. »Wissen Sie nicht, wen Sie angerufen haben?«

»Leider nein. Ich bin nämlich senil.«

Das zeigt sich besonders deutlich im Zusammenhang mit Taxis. Ich benütze sie regelmäßig, seit ich dahintergekommen bin, daß es billiger ist, mit dem Taxi zu fahren als mit eigenem Treibstoff. Überdies ist es bequemer. Man läßt sich wohlig in eine amerikanische Polsterung aus dem Herstellungsjahr 1954 sinken, bittet den Fahrer, das Radio leiser zu drehen, erfüllt seinen im Gegenzug unwirsch vorgebrachten Wunsch, nicht zu rauchen, und ist restlos glücklich. Das heißt: man wäre es, wenn es die Funkverbindung mit der Taxizentrale nicht gäbe.

Jedes Taxi verfügt über diese entsetzliche Einrichtung, die es der Zentrale ermöglicht, mit dem Fahrer Kontakt zu halten und ihm, wo immer er ist, bekanntzugeben, wohin er fahren soll. Das geschieht durch ein explosives Gemisch aus gurgelnden, knacksenden und krachenden Geräuschen, gegen die sich die menschliche Stimme nur sporadisch durchsetzen kann. In den schätzungsweise 800 Taxistunden, die ich hinter mir habe, ist es mir noch nie gelungen, auch nur ein einziges Wort zu verstehen – ausgenommen das stereotype »Zipp«, mit dem jede Durchsage beginnt und endet. Ich mobilisiere meine gesamten Geisteskräfte, ich schließe die Augen, konzentriere mich nach Yogi-Art und verbrauche Dutzende grauer Zellen – es hilft nichts. Ich verstehe kein Wort.

Nicht so der Fahrer. Er versteht alles, und anscheinend ohne die geringste Mühe.

»Zipp«, höre ich vom Vordersitz her. »Grrr-klick-po-

pocatepetl-kabunzu-krk-siebenbumbum-schruck-luck-zipp.«

Das ist es, was ich höre, das und nichts anderes. Der Fahrer hingegen hält sein Mikrophon an den Mund und sagt mit der allergrößten Selbstverständlichkeit:

»Zipp – Mendel – vierdreißig Stadtzentrum – in Ordnung – zipp.«

Da ich auch mit dieser ruhig vorgebrachten Äußerung nichts anzufangen weiß, beuge ich mich zu meinem Fahrer vor und erkundige mich zaghaft, was ihm die Zentrale mitgeteilt hat.

»Diese Verbrecher!« antwortet er. »Sie haben mich für den Nachtdienst eingeteilt.«

Ich murmle etwas von »Unverschämtheit« und glaube zu spüren, wie einige Hundert meiner Gehirnzellen, ihrer grauen Existenz überdrüssig, die Flucht ergreifen.

Manchmal habe ich den Eindruck, daß ich aus alledem etwas voreilig auf meine Senilität geschlossen habe. Vielleicht bedeutet dieses ganze drahtlose Kauderwelsch in Wahrheit überhaupt nichts, vielleicht ist es nur eine Verschwörung der Taxifahrer, um uns minderwertiges Kundengezücht in Schach zu halten. Wir sollen an unseren klaren Sinnen zweifeln, wir sollen außer dem Fahrpreis und dem Trinkgeld unsere Selbstachtung einbüßen.

»Zipp-grrr-schrunk-pk-wulz-schächter-zipp«, sagt das Funkmikrophon.

Und der Fahrer antwortet:

»Mach's aus Gefälligkeit, Rina. Zipp.«

Dann wendet er sich halb zu mir um:

»Überstunden soll ich ihr zahlen. Ich denke nicht daran.«

»Recht haben Sie«, bekräftige ich. »Sie ist nicht von der Zentrale?«

»Keine Spur. Schächters neue Freundin. Sind Sie schwerhörig?«

Ich bin entschlossen, diese geheimnisvolle Sprache zu erlernen. Auf meine nächste Taxifahrt nehme ich ein Tonband mit, um ein vollständiges Schächter-Programm festzuhalten, vom ersten Gurgeln bis zum letzten Zipp. Das lasse ich dann zu Hause ablaufen, wieder und wieder, erst ganz langsam, dann immer schneller, so lange, bis ich eines Morgens erwache und die Sprache der Tiere verstehen kann wie einst König Salomon.

Vorausgesetzt, daß mir noch einige graue Gehirnzellen verblieben sind.

Kein Weg nach Oslogrolls

Das ganze Malheur wäre nicht geschehen, wenn Sulzbaum sich nicht eingebildet hätte, daß ich der richtige Mann für diesen Posten wäre. Sulzbaum hatte schon seit langem nach einem Mann mit Hirn Ausschau gehalten, nach einem wirklichen Kopf, dem er wirklich vertrauen könnte. Von grauen Zellen hat er anscheinend noch nichts gehört. Jetzt, nachdem wir einige Zeit verhandelt hatten, machte er eine unmißverständliche Andeutung, daß er sich ernsthaft mit dem Gedanken trug, die Sache in meine Hände zu legen.

Als ich ihn an jenem schicksalsträchtigen Abend anrief, ließ er mich wissen, daß er den Abschluß unserer Verhandlungen nun nicht mehr länger hinauszögern wolle, und bat mich, ihn sogleich aufzusuchen. Meine Freude läßt sich in Worten gar nicht schildern. Sulzbaum ist immerhin Sulzbaum, das steht außer Zweifel. Ich fragte ihn also ohne Umschweife nach seiner Adresse. »Helsingforsstraße 5«, sagte er.

»Fein«, sagte ich. »In ein paar Minuten bin ich bei Ihnen.«

»Ausgezeichnet«, sagte er.

Ich machte mich unverzüglich auf den Weg. Aber schon nach wenigen Schritten stellte sich mir ein Hindernis entgegen, das schwerer zu übersteigen war als eine Barrikade: ich hatte den Straßennamen vergessen. Glatt vergessen. Ich konnte mich nur noch erinnern, daß der erste Buchstabe ein P war. Rasch entschlossen betrat ich eine Telephonzelle und wollte Sulzbaums Adresse aus dem Telephonbuch heraussuchen.

Es war kein Sulzbaum im Telephonbuch. Um ganz sicher zu gehen, sah ich noch unter Z nach. Es war auch kein Zulzbaum im Telephonbuch.

Wahrscheinlich hat er einen neuen Anschluß, dachte ich. Ein Glück, daß ich mir die Nummer aufgeschrieben hatte. Ich läutete bei ihm an.

»Mir ist etwas Komisches passiert«, sagte ich. »Ich habe den Namen Ihrer Straße vergessen.«

»Helsingfors«, sagte Sulzbaum. »Helsingforsstraße 5.«

»Danke vielmals.«

Durch Schaden gewitzt, wiederholte ich unablässig und leise »Helsingfors... Helsingfors...«, bis ich endlich, hoch oben im Norden der Stadt, einen Passanten nach der genauen Lage der Straße fragen konnte:

»Entschuldigen Sie bitte, wo ist hier die –«

»Leider«, unterbrach mich der Befragte. »Ich bin selber fremd hier. Ich suche die Uziel-Straße.«

»Uziel-Straße... Zufällig weiß ich, wo die ist. Geradeaus, und dann die zweite rechts.«

»Vielen Dank. Ich bin Ihnen sehr verbunden. Übrigens – wie heißt die Straße, die Sie suchen?«

»Ich? Ich suche... nein, so was!«

Tatsächlich: dieser verdammte Uziel hatte mich meinen eigenen Straßennamen vergessen lassen. Ich erinnerte mich nur noch, daß die Straße mit einem K anfing. Die Nummer war 9 oder 19, das wußte ich nicht mehr so genau.

Es widerstrebte mir, nochmals bei Sulzbaum anzurufen. Sonst hielte er mich vielleicht für einen jener gedächtnisschwachen Menschen, die imstande sind, Straßennamen zu vergessen, auch wenn man sie ihnen zweimal sagt. Ich zermarterte die Reste meines Gehirns nach dem vergessenen Namen. Aber da bestätigte sich wieder einmal die alte Erfahrung, daß ich – wie jeder höher organisierte Intellekt – ein plötzlich mir aufgezwungenes Problem nicht lösen kann. Unter solchen Umständen tat ich das einzig mögliche: ich setzte mich in ein Kaffeehaus, entspannte mich und wartete auf die fällige Erleuchtung. Sie kam nicht. Der einzige Straßenname, der mir einfiel, war Schmarjahu Levin (an den ich mich bis dahin niemals hatte erinnern können, weiß der Teufel warum). Nun wußte ich aber, daß der Name, den ich suchte, nicht Schmarjahu Levin war. Es war ein ausländischer Name, das schon, und er begann mit einem L. Aber weiter kam ich nicht.

Also läutete ich nochmals bei Sulzbaum an.

»Hallo«, sagte ich. »Ich bin bereits unterwegs. Könnten Sie mir sagen, wie ich am schnellsten zu Ihrem Haus komme?«

»Wo sind Sie jetzt?«

»Ben Jehuda-Straße.«

»Da sind Sie schon ganz in der Nähe. Lassen Sie sich's von irgendeinem Passanten zeigen.«

»Mach ich. Und wie buchstabiert man den Straßennamen?«

»So wie man ihn ausspricht. Warum?«

»Ich habe den Eindruck, daß die Leute hier den Namen nicht recht kennen. Es scheint eine neue Straße zu sein.«

»Gar so neu ist sie nicht.«

»Trotzdem. Ein so langer Straßenname . . .«

»Wieso? Da gibt es noch viel längere. Die Hohepriester-Matitjahu-Straße zum Beispiel. Oder die Straße der Tore von Nikanor. Oder die Akiba-Kolnomicerko-Straße.«

»Gewiß, gewiß. Aber bei Ihrer Straße verstaucht man sich die Zunge.«

»Kann ich nicht finden. Man gewöhnt sich. Und überhaupt: warum machen Sie sich plötzlich so viel Sorgen über einen Straßennamen? Ich warte auf Sie. Kommen Sie oder nicht?«

»Natürlich. In fünf Minuten.«

»Gut.«

Sulzbaum legte den Hörer auf, und ich stand in der Zelle. Es waren vielleicht die schwierigsten Augenblicke, seit ich geheiratet hatte. Die Namen »Hohepriester Matitjahu«, »Tore von Nikanor« und »Akiba Kolnomicerko« hatten sich unauslöschlich in mein Gedächtnis eingegraben, ohne daß ich die geringste Verwendung für sie gehabt hätte.

Eine Weile verstrich, ehe ich mich entschloß, den Hörer abzuheben und meinen Finger an die Drehscheibe zu setzen.

»Sulzbaum«, flüsterte ich, »lieber Sulzbaum. Wie heißt Ihre Straße?«

Sulzbaums Stimme kam mit eisigem Zischen:

»Helsingfors. Vielleicht schreiben Sie sich's auf!«

Ich griff in die Tasche, um einen Kugelschreiber hervorzuholen, fand aber keinen.

Und bevor ich Sulzbaum noch informieren konnte, daß ich in fünf Minuten bei ihm sein würde, hatte er schon abgehängt.

Diesmal würde ich die Fehler der Vergangenheit nicht wiederholen. Diesmal machte ich's mit der Mnemotechnik. Ich analysierte den Namen Helsingfors. Der erste Teil erinnert an die finnische Hauptstadt Helsinki. Der zweite Teil ist nahezu identisch mit der bekannten amerikanischen Automarke Ford. Und die beiden sind durch ein »g«, den siebenten Buchstaben im Alphabet, miteinander verbunden. Ganz einfach. Helsin(ki)-g-ford(d)-s Nummer 5.

Schon war ein Taxi zur Stelle. Ich warf dem Fahrer ein gleichgültiges »Helsingforsstraße 5« hin.

»Helsingforsstraße 5«, wiederholte er und gab Gas.

Ich lehnte mich in die Kissen zurück und sinnierte, wie seltsam es doch war, daß ein Mann meines geistigen Kalibers, der sich noch an die entlegensten Antworten längst vergangener Mittelschulprüfungen erinnert, zum Beispiel: »Die Hauptstadt von Dazien hieß Sarmisegetuza«, – daß ein solcher Mann, der fast schon ein Elektronenhirn sein eigen nennt, einen so kindisch einfachen Straßennamen vergessen konnte wie ... wie ...

»Entschuldigen Sie.« Der Fahrer wandte sich zu mir um. »Wie heißt die Straße?«

Graue Schleier senkten sich über meinen Augen. Alles, was mir einfiel, war »Sarmisegetuza«, aber so hieß sie bestimmt nicht. Ich tat das nächstliegende und verfluchte den Fahrer. Er schwor, daß er den Namen an der Ecke der Fischmannstraße noch gewußt hatte.

»Na schön.« Ich fand die Ruhe wieder, die meiner intellektuellen Überlegenheit angemessen war. »Wir wollen versuchen, den Namen zu rekonstruieren. Gehen wir systematisch vor. An was erinnern Sie sich?«

»An nichts«, lautete die unverschämte Antwort des motorisierten Wegelagerers. »Höchstens an die Hausnummer 173.«

»Konzentrieren Sie sich, Mann! Denken Sie!«

»Seeligbergstraße... Salmonowskistraße... irgend so was.« Plötzlich fiel mir die Mnemotechnik ein. Ich war gerettet. Die Hauptstadt von Norwegen heißt Oslo – in der Mitte kommt ein »g« – und dann der erste Teil dieser berühmten englischen Automarke.

»Oslogrolls-Straße, Sie Vollkretin«, sagte ich mit schneidendem Hohn.

Der Fahrer nickte dankbar, machte eine scharfe Kehrtwendung und sauste nach Süden. An der nächsten Ecke blieb er stehn:

»Tut mir leid. Eine solche Straße gibt es nicht.«

Offen gesagt: auch ich hatte nicht recht daran geglaubt, daß es sie gäbe. Aber der prompte Start des Fahrers hatte mich wieder unsicher gemacht. Jetzt wußte ich sogar, wo mein Irrtum steckte: es war kein »g« in der Mitte. Oslorolls... Osloroyce...

»Was jetzt?« fragte der Fahrer. Tatsächlich, er fragte: »Was jetzt?«

In stummer Verachtung schleuderte ich ihm eine Pfundnote ins Gesicht, sprang aus dem Wagen, eilte fe-

»dernden Schrittes auf die nächste Telephonzelle zu und läutete bei Sulzbaum an.

Ich bin sofort bei Ihnen«, beschwichtigte ich ihn, »aber es ist etwas geradezu Unglaubliches geschehen. Ich ...«

»Helsingfors!« brüllte Sulzbaum, daß die Wände der Telephonzelle zitterten. »Helsingfors!! Und Sie brauchen überhaupt nicht mehr zu kommen!!«

Peng. Er hatte abgehängt.

Na, wenn schon. Kann mir nur recht sein. Schließlich bin ich nur ein einfacher Familienvater mit einigen Dutzenden todmüder grauer Zellen und kein Schachcomputer.

Ich verließ die Telephonzelle. Sie befand sich unterhalb einer Straßentafel. Sie lag in der Helsingforsstraße.

Mein Vetter Egon

Die Feindseligkeiten zwischen ihm und mir begannen, als ich noch Kind und Junggeselle war. Damals entdeckte ich den Drehstuhl in meinem Hinterkopf und daß auf diesem Drehstuhl ein koboldhaft kleiner Techniker sitzt, eine Art Schlafkontrolleur, der sich damit vergnügt, die Drähte meiner Gehirnganglien durcheinanderzubringen und falsche Verbindungen herzustellen. Verspüre ich beispielsweise das dringende Bedürfnis nach Schlaf, betätigt das Teufelchen dort oben seinen Schalthebel, und ich bin plötzlich hellwach. Ergibt sich andererseits eine Situation, in der es für mich lebenswichtig ist, daß ich wachbleibe, erfolgt eine andere Fehlschaltung, und ich schlafe auf der Stelle ein.

Vielleicht haßt er mich gar nicht, der Schalthebelzwerg. Vielleicht ist er nur – wie die Opposition im Parlament – grundsätzlich gegen alles, was ich in meiner Eigenschaft als Regierungspartei durchsetzen möchte. Irgendwie muß er mit meinem Über-Ich verwandt sein, ein entfernter Vetter oder dergleichen.

Ich nenne ihn Egon.

Er ist ein wendiger kleiner Kerl, immer wachsam, immer auf dem Quivive, und zwar auf meinem. Wenn er irgendwo ein Bett, eine Couch, ein Sofa oder einen Liegestuhl erspäht, sorgt er blitzschnell dafür, daß ich die Augen aufreiße. Und mit der gleichen absoluten Sicherheit funktioniert er in umgekehrtem Sinn. Bei den unpassendsten Anlässen zwingt er mich zu hemmungslosem Gähnen: wenn wir zu Hause Gesellschaft haben, wenn ich mich am Schreibtisch niederlasse, um zu arbeiten, wenn ich Tante Ilka besuche oder wenn mein Blick auf die Gesammelten Werke eines anderen Autors fällt. Nicht einmal ein Thriller wie die Bibel ist gegen seinen Zugriff gefeit.

Überflüssig zu sagen, daß ich nie so wach bin wie zwischen 21 und 3 Uhr 40 in der Nacht. Ich habe schon mehrmals festgestellt, daß ich aus einem kleinen nächtlichen Nickerchen, wie er es mir gelegentlich vergönnt, pünktlich um 3 Uhr 40 emporfahre, um auf die Uhr zu schauen. Sie zeigt immer auf 3 Uhr 40. Wenn sie ausnahmsweise auf 3 Uhr 44 zeigt, stelle ich sie um vier Minuten zurück. Egon ist zuverlässiger als sie. Daß ich den 3-Uhr-40-Test verschlafe, geschieht nur dann, wenn ich einmal sehr zeitig aufstehen muß. Dann schlafe ich meistens bis Mittag.

In einer früheren Inkarnation war Egon vermutlich eine neurotische Fledermaus. Oder eine Schlaftablette. Oder, im Gegenteil, eine Portion schwarzer Kaffee.

Vor ein paar Wochen, als ich zu einer lang geplanten Reise nach Eilat, auf die sich eine der besten Ehefrauen von allen unbekannte Dame sehr gefreut hatte, infolge Verschlafenhabens zu spät kam, beschloß ich, Egon mit seinen eigenen Waffen zu schlagen, und kaufte mir einen wunderschönen, großen metallischen Wecker, der mit einem dröhnenden Alarmsignal ausgestattet war.

Die Bewährung kam bald darauf. Amir, mein Jüngster, brachte aus der Schule eine an alle Väter gerichtete Aufforderung mit, sich am nächsten Morgen um 6 Uhr im Schulgebäude einzufinden, um den regulären Wachtdienst abzusitzen. Ich stellte den Wecker auf 5 Uhr 30 und erwachte pünktlich um 12 Uhr. Wie sich zeigte, hatte ich das ordnungsgemäß erklungene Alarmsignal überschlafen. Das lag nicht am Wecker. Es lag an Egon.

Weitere Nachforschungen über das Zustandekommen meines Versagens ergaben folgenden Tatbestand:

Da ich mich am nächsten Morgen auf den Weg zur Schule machen mußte, empfing mein Unterbewußtsein von Professor Freud den Auftrag zu einem Traum, in dem ich wieder auf der Schulbank saß. Es war gerade Mathematikstunde, wir sollten eine schriftliche Aufgabe lösen, die von Sinus und Kosinus handelte, und ich hatte keine Ahnung.

Bis zum Ende der Stunde fehlten noch fünf Minuten. Auf meiner Stirne stand kalter Schweiß.

»Was zum Teufel ist Kosinus?« fragte ich meinen Sitznachbarn, der niemand anderer als Albert Einstein war.

»Weiß nicht«, flüsterte er zurück. »Vielleicht ein Planet.«

In diesem Augenblick erklang das Glockenzeichen, mit dem die Unterrichtspause eingeläutet wurde, und der Mathematikprofessor sammelte die Hefte ein. Das meine enthielt lauter leere Seiten. Aber das Läuten wollte nicht aufhören.

Die Sache war die, daß Egon zwei Drähte verlegt und den Wecker in eine Schulglocke verwandelt hatte. Ich sprang aus dem Bett und rannte zum Schulhaus, wo ich erfuhr, daß Stockler inzwischen zähneknirschend für mich eingesprungen war.

Immer aufs neue bewies Egon seine Fähigkeit, die Funktion des Alarmsignals an die Erfordernisse des von mir gerade geträumten Traums anzugleichen. So versäumte ich einen wichtigen Theaterabend, weil mein Wecker dank Egons Intervention wie das dritte Läuten in einer Bühnengarderobe klang. In der Garderobe saß ich selbst und war zu diesem Zweck der Schauspieler Sir Laurence Olivier.

Ich kaufte mir einen neuen Wecker, aber es half nichts. Egon ließ ihn – je nachdem, was ich träumte – als Zugpfeife, als Luftwarnungssignal oder als Fabrikssirene in Aktion treten.

Ich zog einen Psychoanalytiker zu Rat. »Egon? Machen Sie sich nicht lächerlich!« lautete sein Verdikt. »Ihr Unterbewußtsein hat eine Allergie gegen schrille Töne entwickelt, und ich kann Ihnen auch sagen, warum. Im Augenblick Ihrer Geburt fuhr an der Klinik eine Straßenbahn vorbei, die in der Kurve entsetzlich kreischte. Seither ist es Ihr geheimer Wunsch, mit einem Straßenbahnwagen ins Bett zu gehen. Da sich dieser Wunsch nur schwer verwirklichen läßt, haben Sie ihn verdrängt und projizieren ihn jetzt auf den Wecker, mit dem Sie im Bett bleiben.«

Das ist natürlich nicht wahr. Straßenbahnwagen reizen mich nicht. Außerdem bin ich mit der besten Ehefrau von allen verheiratet. Immerhin veranlaßten mich die lichtvollen Ausführungen des Seelenforschers zum Ankauf eines elektronischen Chrom-Quarz-Weckers, dessen digitales Alarmsystem kein schrilles Läuten von sich gab, sondern ein sechs Minuten dauerndes Piep-Piep.

Egon ließ sich nicht täuschen. In der ersten Nacht führte mich mein Traum nach Kansas City, wo ich auf einem kleinen Postamt, weit draußen, als einziger Beamter angestellt war. Kurz bevor der Wecker sein Piep ertönen lassen sollte, erschien der Sheriff in der Türe:

»Dringendes Telegramm nach Alabama! Hier!«

Gehorsam setzte ich mich an den Apparat und begann zu senden, wie Morse es vorschrieb: Piep – piep – piep. Mein ganzer elektronischer Alarm ging als Kabel nach Alabama. An diesem Tag wachte ich überhaupt nicht auf. Ich lag in Agonie.

Vergangene Woche fand die Entscheidungsschlacht zwischen mir und Egon statt. Ich hatte einen Platz nach Frankfurt gebucht, Abflug 7 Uhr früh. Um sicherzugehen, erstand ich im größten Fachgeschäft der Stadt den größten überhaupt erhältlichen Wecker, ein wahres Monstrum, rotlackiert und mit einer Alarmvorrichtung, die das ganze Haus aus dem Schlaf schrecken mußte.

In der Nacht griff Egon zu einer wahrhaft diabolischen List. Er kam mir mit Frauen. Er verpaßte mir die Traumrolle eines türkischen Paschas. Ich saß in meinem Harem, um mich herum eine unübersehbare Schar orientalischer Schönheiten und Tante Ilka, von denen eine nach der anderen auf meinem Schoß Platz nahm, und neben mir ein tickendes Metronom, denn meine Zeit für jede einzelne war knapp bemessen. Auf der Höhe der Orgie brach plötzlich am Eingang zum Harem ein Höllenlärm los, so daß ich erschrocken innehielt.

Aber da kam der Eunuch vom Dienst hereingestürzt und keuchte:

»Kümmern Sie sich nicht darum, Hoheit! Der Lärm kommt von Ihrem dummen Wecker. Machen Sie ruhig weiter, er wird gleich aufhören.«

Vielleicht täte ich am besten, einfach mit dem Schlafen aufzuhören. In meinem Alter ...

Man ist so alt, wie man ist

Zu dem folgenden Gedankenflug wurde ich in der Schlange vor einer Kinokasse angeregt. Ich sah nahe vor mir einen grauhaarigen, schon ein wenig verwitterten alten Herrn, der mir irgendwie bekannt vorkam, ohne daß ich zunächst wußte, woher und wieso. Plötzlich hatte ich's entdeckt und stürzte auf ihn zu. »Mein lieber, alter Lehrer!« rief ich. »Erinnern Sie sich nicht an mich? Vom Gymnasium?« Der Alte entzog sich meiner Umarmung.

»Verrückt geworden?« brummte er. »Was heißt hier Lehrer? Wir sind in dieselbe Klasse gegangen. Ich bin dein Mitschüler ...«

Kein Wunder, daß mich in der letzten Zeit der Gedanke überkommt, daß ich vielleicht nicht mehr ganz so jung bin wie früher. Damit will ich nicht sagen, daß mich mein plötzlicher Geburtstag in Panik versetzt hätte. In meinen Augen sind Geburtstage nichts Besonderes. Ich hatte schon welche, und sie haben mich nicht beeindruckt. Was ich verabscheue, ist die übertriebene, die sozusagen unrealistische Anzahl dieser Geburtstage, sind die Ziffern, mit denen sie bezeichnet werden. Was soll das heißen: heute bin ich 58 Jahre alt? Ich war noch nie 58, ich war die ganze Zeit jünger. Da steckt irgendwo ein Fehler. Die Leute vom Matrikelamt sollten besser aufpassen. Nach meinem eigenen Dafürhalten, ich meine: nach dem Eindruck, den ich von mir selbst habe, bin ich noch nicht einmal über die Ziffer 30 hinaus. Es könnte sogar sein, daß ich im kommenden November erst 29 werde oder etwas Ähnliches. Was will man von mir?

Ein entscheidendes Argument zu meinen Gunsten ist die hervorragende körperliche Verfassung, in der ich mich befinde. Ich gehe, sitze und stehe wie in meinen besten Jugendtagen, ich habe noch immer meine sämtlichen Augen und Ohren, meine Nase befindet sich auf dem gewohnten Platz. Offenbar handelt es sich bei dem behördlicherseits mir aufgezwungenen Alter um einen Registraturfehler.

Die Veränderungen, die sich im Lauf der Jahre bemerkbar gemacht haben, fallen kaum ins Gewicht. Schön, ich renne nicht mehr hinter Taxis einher, sondern rufe nach ihnen, und ich benütze lieber den Aufzug, als weiß Gott wie viele Stockwerke zu ersteigen. Auch läßt sich nicht leugnen, daß die Hausapotheke, die die beste Ehefrau von allen auf unsre Reisen mitzunehmen pflegt, immer größer und bunter wird. Das liegt an dem in unseren Breiten herrschenden Klima. Ich kann mich noch erinnern, daß ich einmal quer über den Plattensee geschwommen bin, um ein besonders intelligentes Mädchen zu treffen. Gestern, als ich mit meinen Kindern ins Strandbad ging und von meiner Frau aufgefordert wurde, ins Wasser zu springen, hatte ich keine Lust dazu. Einfach keine Lust. Überhaupt keine ... Ehrlich gesagt: ich bin verzweifelt. Das letzte Mal erlebte ich eine solche Verzweiflung, als ich 19 wurde und wußte: jetzt werde ich alt.

Mein peinlicher Zustand wird mir bei jeder Gelegenheit vor Augen geführt. Erst vor wenigen Wochen sah ich im Autobus eine jammervoll verwelkte Frauengestalt sitzen, die Einkaufstasche zwischen den knochigen Knien, das häßliche Gesicht voller Runzeln und Falten. Es war ein richtiger Schock für mich, als ich plötzlich entdecken mußte, daß ich dieser abstoßenden Erscheinung in meiner Jugend den Hof gemacht hatte. Armes Ding, dachte ich bei mir. Das ist alles, was von diesem einstmals so attraktiven Mädchen übriggeblieben ist. Ich hätte sie kaum erkannt ... Und während ich von heißen Wogen des Mitleids überflutet wurde, erhob sich das einstmals so attraktive Mädchen und bot mir ihren Platz an.

Oder meine Tochter Renana. Wir sitzen zu Haus vor dem Bildschirm und sehen den Film ›Ben Hur‹, in dem es bekanntlich von römischen Soldaten und frühen Anhängern des Christentums nur so wimmelt.

»Mammie«, läßt sich Renanas Stimme vernehmen, »war Papi damals schon dabei?«

Kein Zweifel: ich wirke älter, als ich bin. Selbst wenn man die zwei Jahre abzieht, die ich mit dem Wählen besetzter Telephonnummern verbracht habe, bleibt noch genug übrig. Natürlich hat das nichts Konkretes zu bedeuten, es ist eine Angelegenheit abstrakter Gedankengänge eines Ehemannes mit reduzierten grauen Zellen, man denkt und denkt, und plötzlich kann man sich an nichts mehr erinnern.

Besonders häufig vergesse ich Gesichter. Gute Freunde, liebe alte Bekannte, ja sogar Familienangehörige begegnen mir auf der Straße, und ich habe keine Ahnung, woher ich sie kenne. Selbstverständlich erwidere ich ihren Gruß mit freundlichem Lächeln und herzlichem Winken, aber das täuscht nur mich, nicht sie.

»Sommer 55«, klärt mich so einer mit beleidigter Miene auf. »Brindisi. Na?«

»Ach ja!« jauchze ich.

»Brindisi! Wie geht's denn immer, alter Junge?«

Und ich entferne mich eilends, ohne seine Auskunft abzuwarten. Wer ist er? Und was ist Brindisi?

Nicht einmal meine Feinde behalte ich im Gedächtnis. Damit gerate ich in den Ruf der Toleranz. Das ist das Ende.

Es fällt mir auch immer schwerer, Namen zu behalten. Seit einiger Zeit spreche ich die jungen Damen mit denen ich zu tun habe, ausnahmslos mit dem gleichen Namen an (»Puppe«), damit keine unangenehmen Verwechslungen entstehen.

Noch größere Schwierigkeiten bereitet mir der Konsum von Literatur. Seit bald einem Jahr lese ich Solschenizyns Erzählung ›Ein Tag im Leben des Iwan Denissowitsch‹ und komme über die ersten fünf Seiten nicht hinaus. Auf Seite 5 nämlich heißt es: »›Galubtschik‹, sagte Wladimir Prutschenko und wandte sich zu Parslejewitsch Tschuptschik um, der am Gartenzaun mit Pjotr Nikolajewitsch Kusnejezewisky plauderte.« An dieser Stelle bleibe ich unweigerlich stecken, die Namen verschwimmen vor meinen Augen, ich kann die handelnden Personen nicht mehr voneinander unterscheiden und fange das Buch wieder von vorne zu lesen an.

Andererseits gibt es auch Dinge, die mit ehernen Lettern in mein Gedächtnis geprägt sind. Zum Beispiel die Aufstellung der ungarischen Fußball-Nationalmannschaft aus dem Jahre 1930. Man kann mich mitten in der Nacht aufwecken und ich leiere sie fehlerlos herunter, Kohut, Toldi, Dr. Sarosi und natürlich Turay II, der damals den österreichischen Mittelstürmer Sindelar vollkommen kaltgestellt hat . . . Aber sonst herrscht in meinem Gedächtnis dichter Nebel. Obwohl man mir das, wie ich schon angedeutet habe, nicht ansieht. Niemand würde mich für älter als 57 halten, oder höchstens 57½. Vielleicht rührt das auch daher, daß ich Tennisschuhe trage.

Erst gestern begegnete ich den ungebetenen Trostversuchen einer jugendlichen Zeitgenossin mit den Worten:

»Mein liebes Fräulein, ich bin lieber 26 und sehe wie 62 aus als umgekehrt.«

Die Leute scheinen es darauf angelegt zu haben, mir auf die Nerven zu gehen. Zum Beispiel kommt irgendein Idiot auf mich zu und erklärt mir, daß man so alt ist, wie man sich fühlt. Ein gefährlicher Blödsinn. Das Alter ergibt sich aus der Summe der Lebensjahre. Da braucht man gar nichts zu fühlen. Man braucht nur den Reisepaß zu öffnen und das Geburtsdatum nachzuschauen. Und wenn man seinem Paßfoto zu ähneln beginnt, ist es Zeit, an die Pension zu denken.

Allerdings kommen mit dem Alter auch die Segnungen der Weisheit und der heiteren Entsagung. Ich bin ein solcher Fall. Ich beneide niemanden mehr um irgend etwas, ich nicht. Das einzige, was mich noch erbittern kann, ist ein Mann in meinen Jahren, der jünger aussieht als ich. Ich denke da an einen ganz bestimmten Versicherungsagenten, der mir um mindestens zwei Monate voraus ist und trotzdem, im Gegensatz zu meinem silbrigen Schopf, kein weißes Haar aufzuweisen hat.

»Wie kommt es«, fragte ich ihn, »daß Sie immer noch über Ihr jugendliches Schwarzhaar verfügen?«

»Eine Sache der Disziplin«, antwortete er mit hämischem Grinsen. »Wenn man einmal über 40 ist, muß man etwas unternehmen. Sehen Sie mich an. Ich stehe jeden Morgen um sechs Uhr auf, jawohl um sechs, nehme eine eiskalte Dusche, reibe meinen Körper mit einer harten Drahtbürste ab, mache am Strand einen Dauerlauf von mindestens drei Kilometern, jawohl täglich, gehe jeden zweiten Tag in die Sauna, nähre mich hauptsächlich von Früchten und Joghurt, spiele Tennis, reite, lese den ›Playboy‹, nehme teil am pulsierenden Leben, und außerdem . . .«

»Was?« fragte ich atemlos.

»Außerdem lasse ich mir die Haare färben.«

Jeder sein eigenes Wettbüro

Jetzt, da ich theoretisch bereits Großvater bin, fühle ich mich verpflichtet, meiner Umgebung ein Geheimnis zu verraten, das ich bisher hinter dem unauffälligen Gehabe eines nüchternen, brillentragenden Intellektuellen verborgen habe: Ich bin einem bösen Laster verfallen. Ich wette gegen mich selbst. Und zwar wette ich, ob eine bestimmte Angelegenheit gut ausgehen wird oder nicht. Wenn mein Gedächtnis mich nicht trügt – und warum sollte es –, sind die ersten Symptome dieser internen Wettleidenschaft bereits im Alter von neun Jahren bei mir aufgetreten. Ich benutzte auf dem Schulweg immer den Rand des Gehsteigs und wurde dadurch eines Tags zu folgender Wette angeregt: Wenn es mir glückt, bei normal großen Schritten keine der Querlinien auf den Randsteinen zu berühren, wird mir der Lehrer nicht draufkommen, daß ich die Hausaufgabe in Rechnen vergessen habe. Um es kurz zu machen: Die Querlinien blieben unberührt und der Lehrer war krank. So fing es an.

Mit vierzehn, also an einem Wendepunkt meiner Biographie, ging ich einmal die vier Stockwerke von unserer Wohnung hinunter und setzte alles auf eine Karte: Wenn die letzte Stufe des Treppenhauses auf eine ungerade Zahl fällt, dann, so wettete ich mit mir, wird das Ziel meiner Sehnsucht, das blonde Töchterchen der gegenüberliegenden Wäscherei, sich Hals über Kopf in mich verlieben. Bis heute erinnere ich mich an diese letzte Stufe. Sie fiel auf die Zahl 112. Ich habe mich nicht in Jolánkas Nähe gewagt, und unsere knospende Liebe sank dahin, vom Urteil des Treppenhauses zu Tode getroffen.

Bisweilen nahm meine Besessenheit ein kaum noch erträgliches Ausmaß an, besonders während des Zweiten

Weltkriegs. Eines regnerischen Nachmittags, am Budapester Donaukai, blies mir der Sturm den Hut vom Kopf, und während ich losrannte, schloß ich eine Wette ab: Wenn ich den Hut erwische, bevor er ins Wasser fällt, wird Hitler sterben. Ich erwischte den Hut, bevor er ins Wasser fiel. Der Rest ist Geschichte. Das soll nicht heißen, daß ich das Schicksal des Dritten Reichs besiegelt habe. Immerhin ...

Nach dem Krieg entspannte sich die Situation ein wenig. Nur noch gelegentlich wettete ich gegen mich, etwa daß ich mit geschlossenen Augen und ohne anzustoßen durch die nächste Türe hindurchkommen müßte, um das Gelingen eines in Schwebe befindlichen Plans herbeizuführen. Prompt schlug ich mit dem Kopf gegen den Türrahmen – und es war vorbei. Das Schlimme ist, daß man die Wette nicht wiederholen darf. Wenn man gegen die Wand stößt, hat man verloren. So verlangen es die Regeln.

Ich hatte gehofft, daß ich mir das mit den Jahren abgewöhnen würde, aber es wird immer schlimmer. Und es tröstet mich nicht, daß auch andere dieser Leidenschaft verfallen sind. Einer meiner Freunde machte lebenswichtige Entscheidungen davon abhängig, ob sich auf seinem morgendlichen Autobusfahrschein die Ziffer 7 zeigen wird oder nicht; ein anderer, im Bankwesen tätig, überantwortet die Agenda des jeweils kommenden Tags dem Druckknopf seines Fernsehapparats: Wenn er ihn abstellen kann, bevor zum Abschluß des Programms die Hymne beginnt, wird er eine bestimmte Transaktion durchführen; wenn nicht, dann nicht.

Auch menschliche Elemente schleichen sich in die verschiedenen Wettsysteme ein. Ich mache einen Spaziergang, sehe einen anderen Spaziergänger auf mich zukommen und spüre in allen Knochen: Wenn ich den Laternenpfahl zwischen uns als erster erreiche, wird das israelische Pfund nicht abgewertet. Eine solche Wette verlangt äußerste Fairneß, denn es ist natürlich verboten, den Schritt zu beschleunigen. Man darf höchstens etwas längere Schritte machen, also den sogenannten »Flughafenschritt« anwenden, mit dem man das Flugzeug als erster zu erreichen trachtet, um einen Fensterplatz zu besetzen, aber das will man sich nicht anmerken lassen.

Ähnliches spielt sich auf Rädern ab. Ich meine die »bremsenlose Wette«, die sich unter Automobilisten großer Beliebtheit erfreut. Sie besteht darin, daß sich der Fahrer bei rotem Stopplicht in langsamem Tempo der Kreuzung nähert und sie im gleichen Augenblick erreicht, in dem das Verkehrslicht auf Grün wechselt. In diesem Fall hat er während der nächsten Jahre für seine Gesundheit nichts zu befürchten. Im übrigen ist das ein Test, der starke Nerven verlangt. Einmal – ich hatte gerade auf das Glück meiner eigenen Familie gewettet – steuerte ich unaufhaltsam ins rote Licht, das erst im allerletzten Augenblick grün wurde. Ich mußte mir noch auf der Kreuzung den kalten Schweiß von der Stirne wischen. Aber die Zukunft meiner Kinder war gesichert.

Dann gibt es noch die »Volkswagen-Wette«. Sie besteht, wie schon der Name andeutet, darin, daß man die Anzahl der Volkswagen errät, denen man zwischen Tel Aviv und Herzlia begegnen wird. Nachdem man die Wette einige Male gewonnen hat, kann man sich allerdings nicht länger der Einsicht verschließen, daß man das Resultat (843) im voraus weiß. Na und? Dann ist es eben eine kontrollierte Wette. Nichts dagegen einzuwenden. Dann und wann kann man sich ruhig einen kleinen Schwindel erlauben. Wenn ich zum Beispiel bei rotem Licht vor einer Kreuzung anhalten muß und die Augen senke, um sie genau beim Wechsel auf Grün zu heben, so wird mir niemand ein kleines Blinzeln in Richtung Ampel verbieten. Kein vernünftiger Mensch begibt sich blindlings in Gefahr. Man lebt nur einmal.

Warum erzähle ich das alles? Ich erzähle es zwecks Hebung der öffentlichen Moral.

Folgendes geschah am letzten Montag: Ich fuhr mit dem Aufzug zum 11. Stockwerk unseres stolzen Wolkenkratzers, des Schalom-Turms, und ging eine höchst riskante Wette ein, indem ich den Knopf drückte, meine Augen schloß und die Stockwerke unter Verzicht auf den Anblick der Leuchtziffern zu zählen begann. Gegenstand der Wette war nicht mehr und nicht weniger als das Schicksal unseres Landes: »Wenn ich bis zum 11. Stock richtig zähle« – dies mein Einsatz –, »dann werden wir endlich Frieden mit unseren arabischen Nachbarn haben.« Ich zählte mit äußerster Konzentration – und wirklich: als ich die Augen öffnete, hielt der Aufzug im 11. Stock. Es stimmte auch umgekehrt: als der Aufzug im 11. Stock hielt, öffnete ich die Augen. Es war ein vollkommen ausgewogenes, ganz und gar überzeugendes Resultat, ein Sieg auf der ganzen Linie.

Künftige Generationen, so hoffe ich, werden zu schätzen wissen, was ich für sie getan habe.

Mordillo: Cartoons zum Verlieben

dtv 1288

dtv 1583

dtv 1686

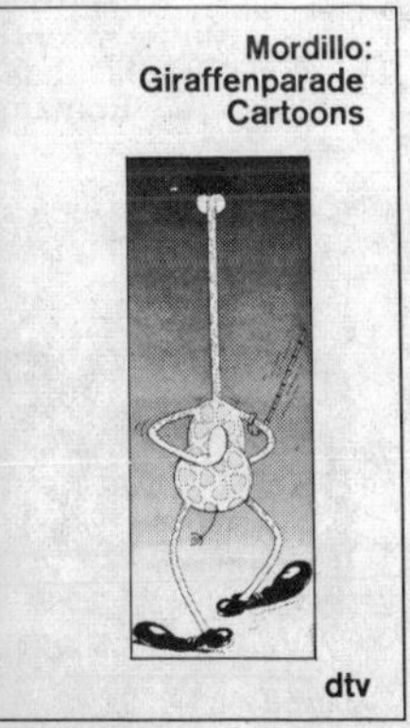

dtv 10019

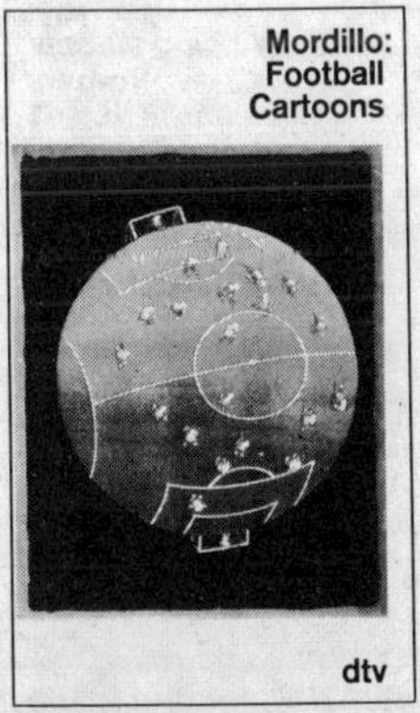

dtv 10257

dtv 10572